EL LAZARILLO

DE TORMES

EL LAZARILLO

DE TORMES

DE

DIEGO HURTADO DE MENDOZA

CON

UN ESTUDIO CRÍTICO

POR

MIGUEL DE TORO GOMEZ

❧~❧

Fredonia Books
Amsterdam, The Netherlands

El Lazarillo de Tormes

by Diego Hurtado de Mendoza

with a critical study by Miguel de Toro Gomez

ISBN: 1-4101-0857-0

Reprinted from the 1884 edition

Fredonia Books
Amsterdam, The Netherlands
http://www.fredoniabooks.com

In order to make original editions of historical works
available to scholars at an economical price, this
facsimile of the original edition of 1884 is reproduced
from the best available copy and has been digitally
enhanced to improve legibility, but the text remains
unaltered to retain historical authenticity.

INDICE

LA VIDA DE LAZARILLO DE TORMES

Y DE SUS FORTUNAS Y ADVERSIDADES

Segunda parte de Lazarillo de Tormes

ÍNDICE.

LAZARILLO DE TORMES

D. DIEGO HURTADO DE MENDOZA

NOTICIA BIBLIOGRÁFICA ACERCA DE ESTE LIBRO Y DE LA NOVELA
PICARESCA EN GENERAL.

La Historia, como la Naturaleza, tiene sus leyes inmutables y fijas á las cuales se ajustan, sin darse cuenta de ello los pueblos y las generaciones en su lento y progresivo desarrollo.

En virtud de estas leyes, cuando una nacion llega, por decirlo así, á su mayor apogeo y á su más alto grado de prosperidad, todas sus fuerzas vivas, todas su energías ofrecen en su desenvolvimiento la misma intensidad.

Bastaria echar una rapidísima ojeada por el extenso campo de la historia de la Humanidad para convencernos más y más de semejante verdad.

Grecia, madre augusta de las civilizaciones de Occidente, llegada á su mayor grado de cultura artística, científica y literaria, ofrece el más brillante ejemplo de este fenómeno, que bien pudieramos llamar ponderacion de las fuerzas sociales. A su mayor elevacion intelectual corresponden los más gloriosos hechos de guerra que registran sus anales y que aun son hoy día la admiracion del mundo. En medio de su relativa pequeñez su misma virilidad le da fuerzas é industria para vencer y desbaratar los innumerables ejércitos de los barbaros persas.

En virtud de esa misma ponderacion de fuerzas vemos, por el contrario, en Roma, que el gran desarrollo de las virtudes guerreras trajo consigo como era consiguiente la cultura y desarrollo de las demás energías sociales.

Y no se nos objete que esos mismo pueblos cayeron desde la cumbre de su mayor civilizacion en la esclavitud y la abyeccion, porque la Grecia saqueada y subyugada por lós cónsules romanos, Bizancio destruida casi y dominada por los Turcos, y Roma esclava de los Bárbaros del Norte no eran mas que ruinas y vislumbres de su pasada grandeza, pueblos decadentes y decrépitos, que no hubieran necesitado de extraño impulso para hundirse y desaparecer en el silencio y en la oscuridad.

Por lo dicho anteriormente se explica como la nacion española que llegó á su mayor apogeo militar en el siglo XVI, despues de largos siglos de constante guerra para realizar su reconquista, llegó tambien por ende a su mayor cultura literaria sirviendo de maestra y modelo á otros pueblos de Europa.

Las bellas artes, sobre todo la pintura, arquitectura y escultura ; la poesía lirica, la dramática, y todos los demas géneros de cultura literaria llegaron á adquirir el mayor brillo y esplendor.

Entre todos los citados géneros merece especial mencio uno que cultivaron con predileccion los ingenios españoles y en el que fueron maestros de los demas pueblos occidentales. Este género es la novela, y en el conserva la nacion española el monumento mas insigne de su armonioso lenguaje, el inmortal *Quijote*, traducido en todos los idiomas, y de todos los pueblos cultos admirado.

En este ramo de la amena literatura, casi desconocido de la antigüedad, trabajaron con gran ardor los prosistas españoles mostrando á otros pueblos de Europa un vastísimo camino, que mas tarde, y por causas que seria prolijo enumerar, no supieron continuar.

La primera manifestacion de este género fueron los famosos libros de caballeria, que principiaron en la Inglaterra y norte de Francia, que llegaron á ejercer tan poderosa y á veces perjudicial influencia en el gusto literario, y de los que hizo completísima justicia el insigne ingenio de Cervantes.

A partir de *Amadis de Gaula* y *Tirante el Blanco*, los mas antiguos libros de esta especie que se conocen en lengua castellana, es tal el número de escritos de esta índole producidos por ingenios españoles que necesitariamos muchas páginas para dar cuenta sucinta de sus títulos, autores, y argumentos.

A la *novela-caballeresca* sucedió la *novela-pastoril*, que siendo tan inverosímil y absurda como la primera, no excitaba como ella sentimientos elevados y generosos. Este género de novela tuvo su origen en Italia.

Notables ingenios, entre los que figuran en primera linea Cervantes con su *Galatea*, Jorge de Montemayor con su *Diana*, la mas famosa de todas, Lope de Vega con su *Arcadia* y Valbuena con su *Siglo de Oro*, cultivaron con más ó menos acierto la novela pastoril, que no pudo por mucho tiempo mantenerse en el favor del público, déjando libre el paso á la *novela picaresca*, verdadera creacion del ingenio español y origen de la novela moderna. Mas aún, nos atrevemos á decir, sin temor de ser desmentidos, que los ingeniosísimos cuadros de costumbres tomados de la vida real y adornados con todas las bellezas y gracias de diccion de la lengua castellana constituyen la verdadera novela realista cuya invencion se atribuyen algunos escritores modernos, sin tener para nada en cuenta la historia literaria.

No por esto se crea que la *novela picaresca* es la gra-

fica representacion de la sociedad española en los siglos
XVI y XVII, como parecen creerlo algunos escritores
dominados por las preocupaciones de escuela, para
quienes la España de aquellos tiempos era únicamente
un pueblo compuesto de soldados, bandidos, frailes,
monjas, estudiantes y mendigos.

En toda sociedad por bien organizada que se halle,
encuéntranse siemple tipos más ó menos dignos de estu-
dio, desigualdades irritantes, vicios más ó menos arrai-
gados, que no son sino escepciones de la regla general
y que precisamente se hacen observar por su carácter de fenómenos extraordinarios. Lejos de sustraerse á
esta ley sociológica la España de aquella época, concur-
rian en ella multitud de circunstancias escepcionales que
contribuian á dar mayor realce a todos los referidos
fenómenos sociales. En efecto: ¿quien duda que las grandes guerras de Carlos I y sus descendientes, con su dele-
terea influencia sobre la industria comercio y agricultura
el descubrimiento del Nuevo Mundo despertando las
ambiciones mal sanas de los aventureros de todos los
paises, la gran extension de las comunidades religiosas,
que apartadas de su primitivo fervor con la abundancia
de bienes materiales, dañaban muchas veces en lugar de
producir bien, la expulsion de los Moriscos, obra de la
intolerancia religiosa, y otras causas análogas habian
de producir en la sociedad española un estado de inquietud y anormalidad, dando lugar por ende á la recrudes-
cencia de ciertos vicios sociales ?

Este y no otro es el verdadero punto de vista, desde el que
hay que considerar la importancia y significacion de la *novela picaresca*, para lo cual basta tener en cuenta el carácter
de algunos de los escritores que mas se distinguieron en
tal género.

En efecto la primera novela festiva *El Lazarillo de
Tormes* que hoy ofrecemos á nuestros lectores, es la

obra de una de la mas nobles figuras de la historia polí-
tica, literaria y militar de España, el insigne D. Diego
Hurtado de Mendoza.

Poeta tan elegante como filosófico, al par que sencillo,
no por menos conocido debe ser menos admirado en
este terreno. Historiador severo é imparcial, correcto y
galano en el estilo ha sabido reunir en su *Historia de la
rebelion de los Moriscos* la concision y profundidad de
Tácito con la elegante sencillez de Tito Livio y la enér-
gica precision de Salustio, haciendo de dicha obra uno
de los monumentos más bellos de nuestra lengua.

Fué Mendoza hijo de aquel famoso conde de Tendilla
á quien confiaron los reyes católicos el gobierno de
Granada, despues de la conquista, y nació en esta hermosa ciudad en 1503. Pasó en ella sus primeros años y
fué mas tarde uno de los asiduos y distinguidos frecuen-
tadores de las aulas de la insigne Salamanca. Terminados
sus estudios sirvió brillantemente en los tercios españoles
de Italia, alternando el ejercicio de las letras con el de las
armas, hasta que Carlos I conociendo su mérito y profundidad le nombró su embajador, primero en Venecia y
más tarde en Roma. En calidad de tal asistió al célebre
concilio Tridentino y despues de treinta años de ausencia
volvió a España, siendo nombrado Consejero de Estado.

Fué tal su aficion á las letras que gastó una gran parte
de su fortuna en adquirir y salvar manuscritos preciosos,
y á el debe la literatura la publicacion de obras antiguas
tan importantes como la historia de Josefo.

Desterrado á Granada á los 64 años de su edad por
el terrible Felipe II, escribió la citada historia, como
testigo casi presencial de los hechos. Sin embargo como
en dicho libro no resultaba muy bien tratada la fatídica
personalidad del fundador del Escorial, no pudo darse á
la estampa sino muchos años despues.

Esto por una parte, y por otra la grande y merecida

boga que habian llegado á adquirir, sobre todo en el
extrangero sus famosas *Aventuras de Lazarillo de Tormes*, han sido la causa de que haya debido, al menos en
los primeros tiempos, su fama de escritor castizo y elegante á esta pequeña novela, primera conocida en el
género festivo y picaresco, y en la que el autor, por
aquel tiempo estudiante en Salamanca, y por consiguiente muy conocedor de la vida picaresca y estudiantil,
derrama la sal ática de su juvenil ingenio y muestra una
gracia chispeante y una galanura que distan mucho
de su severo carácter de historiador.

Pocas son las páginas de esta preciosa novela pero en
todas ellas rebosa la gracia y ostenta sus galas la rica
lengua castellana. Los caracteres están delineados de
mano maestra, las descripciones ofrecen brillantísimos
toques y basta un conocimiento superficial de aquella
época para comprender toda la verdad de semejantes
cuadros y tipos arrancados á la vida real ; Lazáro mu-
chachuelo despierto y de agudísimo ingenio, pero con-
denado á servidumbre por su pobreza, refiere con gracia
inimitable la odisea de sus, ya tristes, ya burlescas aventuras, sufriendo bajo el poder de un ciego, maestro en
toda clase de astucias, de un clérigo misérable y de un
hidalgo, tan vanidoso como escaso de recursos, tipos
todos muy corrientes en aquel tiempo.

El ánimo más hipocondriaco no puede defenderse de
la risa al leer las ingeniosas inveciones del malaventu-
rado *Lazarillo* para burlar la astucia y sagacidad del
ciégo y la miserable vigilancia del clerizonte. Esto explica la boga extraordinaria que llegó á alcanzar este
libro del que se hicieron en breve numerosas ediciones
en todas las lenguas extranjeras, siendo dificil averiguar
las que se han hecho en lengua castellana.

Aun cuando la segunda parte es inferior á la primera tanto por la invencion, como por la pintura de los

personajes, descripcion de los cuadros y pureza del estilo hemos creido conveniente, no separarla de la primera, pues ambas figuran juntas en gran número de ediciones.

Abrigamos el convencimiento de que los lectores no
podrán menos de recorrer con el mayor gusto y deleite
las páginas brillantes de esta preciosa novela en que se
ostenta en toda su galanura el ingenio de Mendoza por
un lado, y por otro la gallardia de la lengua castellana.

Paris, 1º de Julio de 1883.

MIGUEL DE TORO GOMEZ.

LA VIDA

DE

LAZARILLO DE TORMES

Y DE SUS FORTUNAS Y ADVERSIDADES

Por DON DIEGO HURTADO DE MENDOZA

PRÓLOGO DEL AUTOR

Yo por bien tengo que cosas tan señaladas, y por ventura nunca oidas ni vistas, vengan á noticia de muchos, y no se entierren en la sepultura del olvido; pues podria ser que alguno que las lea halle algo que le agrade, y á los que no ahondaren tanto los deleite; y á este propósito dice Plinio, que no hay libro, por malo que sea, que no tenga alguna cosa buena; mayormente, que los gustos no son todos unos, mas lo que uno no come, otro se pierde por ello. Y así vemos cosas tenidas en poco de algunos, que de otros no lo son. Y esto, para que ninguna cosa se debria romper, ni echar á mal, si muy detestable no fuese, sino que á todos se comunicase, mayormente siendo sin perjuicio y pudiendo sacar della algun fruto; porque si así no fuese, muy pocos escribirian para uno solo, pues no se hace sin trabajo; y quieren, ya que lo pasan, ser recompensados, nó con dineros, mas con que

vean y lean sus obras, si hay de qué, se las alaben ; y á
este propósito dice Tulio : La honra cria las artes. ¿ Quién
piensa que el soldado, que es primero del escala, tiene
más aborrecido el vivir? No por cierto; mas el deseo de
alabanza le hace ponerse al peligro, y así en las artes y
letras es lo mismo. Predica muy bien el presentado, y es
hombre que desea mucho el provecho de las ánimas ;
mas pregunten á su merced si le pesa cuando le dicen :
¡ Oh qué maravillosamente lo ha hecho vuestra reverencia ! Justó muy ruinmente el señor don fulano, y dió el
sayete de armas al truhan, porque lo loaba de haber
llevado muy buenas lanzas : ¿ qué hiciera si fuera verdad ? Y todo va desta manera : que confesando yo no
ser más santo que mis vecinos, desta nonada que en este
grosero estilo escribo, no me pesará que hayan parte y
se huelguen con ello todos los que en ella algun gusto
hallaren, y vean que vive un hombre con tantas fortu-
nas, peligros y adversidades. Suplico á vuestra merced
reciba el pobre servicio de mano de quien lo hiciera más
rico, si su poder y deseo se conformaran. Y pues vuestra
merced escribe se le escriba y relate el caso muy por
extenso, parecióme no tomarle por el medio, sinó del
principio, porque se tenga entera noticia de mi persona,
y tambien porque consideren los que heredaron nobles
estados cuán poco se les debe ; pues fortuna fué con ellos
parcial, y cuánto más hicieron los que siéndoles contra-
ria, con fuerza y maña remando salieron á buen puerto.

LAZARILLO DE TORMES

TRATADO PRIMERO

Cuenta Lazaro su vida, y cuyo hijo fué. — Asiento de Lázaro con un ciego.

Pues sepa vuestra merced ante todas cosas que á mí me llaman Lázaro de Tórmes, hijo de Tomé Gonzalez y de Antoña Perez, naturales de Tejares, aldea de Salamanca. Mi nascimiento fué dentro del rio Tórmes, por la cual causa tomé el sobrenombre, y fué desta manera. Mi padre (que Dios perdone) tenía á cargo de proveer una molienda de una aceña, que está ribera de aquel rio, en la cual fué molinero más de quince años; y estando mi madre una noche en la aceña, preñada de mí, tomóla el parto y parióme allí; de manera, que con verdad me puedo decir nacido en el rio. Pues siendo yo niño de ocho años, achacaron á mi padre ciertas sangrías mal hechas en los costales de los que allí á moler venian, por lo cual fué preso, y confesó, y nó negó, y padeció persecucion por justicia. Espero en Dios que está en la gloria; pues el Evangelio los llama bienaventurados. En este tiempo se hizo cierta armada contra moros, entre los cuales fué mi padre, que á la sazon estaba desterrado por el desastre ya dicho, con cargo de acemilero de un caballero que allá fué; y con su señor, como leal criado, feneció su vida.

Mi viuda madre, como sin marido y sin abrigo se viese, determinó arrimarse á los buenos, por ser uno

dellos, y vínose á vivir á la ciudad, y alquiló una casilla,
y metióse á guisar de comer á ciertos estudiantes, y la-
vaba la ropa á ciertos mozos de caballos del comendador de la Magdalena. De manera, que frecuentando las
caballerizas, ella y un hombre moreno de aquellos que
las bestias curaban, vinieron en conocimiento. Este algunas veces se venía á nuestra casa, y se iba á la mañana;
otras veces de dia llegaba á la puerta, en achaque de
comprar huevos, y entrábase en casa. Yo al principio de
su entrada, pesábame con él y habíale miedo, viendo el
color y mal gesto que tenía; mas desque vi que con su
venida mejoraba el comer, fuíle queriendo bien, porque
siempre traia pan, pedazos de carne, y en el invierno
leños, á que nos calentábamos. De manera, que conti-
nuando la posada y conversacion, mi madre vino á darme dél un negrito muy bonito, el cual yo brincaba y
ayudaba á acallar. Y acuérdome que estando el negro
de mi padrastro trebejando con el mozuelo, como el niño
veia á mi madre y á mí blancos, y á él nó, huia dél con
miedo para mi madre, y señalando con el dedo decia:
mamá, coco. Y él respondió riendo: ó hideputa ruin,
Yo, aunque bien mochacho, noté aquella palabra de mi
hermanico, y dije entre mí: cuántos debe de haber en
el mundo que huyen de otros porque no se ven á sí
mesmos.

Quiso nuestra fortuna que la conversacion del Zayde,
que así se llamaba, llegó á oídos del mayordomo, y
hecha pesquisa, hallóse que la mitad por medio de la
cebada, que para las bestias le daban hurtaba, y salva-
dos, leña, almohazas, mandiles y las mantas, y las sá-
banas de los caballos hacía perdidas, y cuando otra
cosa no podia, las bestias desherraba, y con todo esto
acudia á mi madre para criar á mi hermanico. No nos
maravillemos de un clérigo, ni de un fraile, porque el
uno hurta de los pobres, y el otro de casa para sus de-

votas, y para ayuda de otro tanto, cuando á un pobre
esclavo el amor le animaba á esto; y probósele cuanto
digo, y aun más, porque á mí con amenazas me preguntaban, y como niño respondia, y descubria cuanto sabía
con miedo, hasta ciertas herraduras, que por mandado
de mi madre á un herrero vendí. Al triste de mi padrastro azotaron y pringaron, y á mi madre pusieron pena
por justicia sobre el acostumbrado centenario, que en
casa del sobredicho comendador no entrase, ni al lastimado Zayde en la suya acogiese. Por no echar la soga
tras el caldero, la triste se esforzó y cumplió la sentencia; y por evitar peligro y quitarse de malas lenguas,
se fué á servir á los que al presente vivian en el meson
de la Solana; y allí padeciendo mil importunidades, se
acabó de criar mi hermanico, hasta que supo andar. Ya
yo era buen mozuelo, que ibá á los huéspedes por vino
y candelas, y por lo demas que me mandaban.

En este tiempo vino á posar al meson un ciego, el
cual, pareciéndole que yo sería para adestrarle, me
pidió á mi madre, y ella me encomendó á él, diciéndole
como era hijo de un buen hombre; el cual por en-
salzar la fé habia muerto en la de los Gelves, y que ella
confiaba en Dios no saldria peor hombre que mi padre,
y que le rogaba me tratase bien, y mirase por mí, pues
era huérfano. El respondió que así lo haria, y que me
recibia nó por mozo sino por hijo. Y así, le comencé á
servir y adestrar á mi nuevo y viejo amo: como estuvimos en Salamanca algunos dias, pareciéndole á mi amo
que no era la ganancia á su contento, determinó irse de
allí; y cuando nos hubimos de partir, yo fuí á ver á mi
madre, y ambos llorando, me dió su bendicion y dijo:
— Hijo, ya sé que no te veré más; procura de ser
bueno, y Dios te guie; criado te he, y con buen amo te
he puesto, válete para tí; y así me fuí para mi amo, que
esperándome estaba. Salimos de Salamanca, y llegando

á la puente, está á la entrada della un animal de piedra, que casi tiene forma de toro, y el ciego mandóme que llegase cerca del animal, y allí puesto, me dijo :

— Lázaro, llega al oido á este toro, y oirás gran ruido dentro dél.

Yo simplemente llegué, creyendo ser así ; y como sintió que tenía la cabeza par de la piedra, afirmó recio la mano y dióme una gran calabazada en el diablo del toro, que más de tres dias me duró el dolor de la cornada, y díjome :

— Necio, aprende, que el mozo del ciego un punto ha de saber más que el diablo, y rió mucho la burla. Parecióme que en aquel instante desperté de la simpleza en que como niño dormido estaba, y dije entre mí : verdad dice este, que me cumple avivar el ojo y avisar, pues soy solo, y pensar cómo me sepa valer.

Comenzamos nuestro camino, y en muy pocos dias me mostró jerigonza, y como me viese de buen ingenio, holgábase mucho, y decia :

— Yo oro ni plata no te lo puedo dar, mas avisos para vivir muchos te mostraré ; y fué así, que despues de Dios este me dió la vida ; y siendo ciego me alumbró y adestró en la carrera de vivir. Huelgo de contar á vuestra merced estas niñerías, para mostrar cuánta virtud sea saber los hombres subir siendo bajos, y dejarse bajar siendo altos, cuánto vicio. Pues tornando al bueno de mi ciego y contando sus cosas, vuestra merced sepa, que desde que Dios crió el mundo, ninguno formó más astuto ni sagaz ; en su oficio era un águila ; ciento y tantas oraciones sabía de coro ; un tono bajo, reposado y muy sonable, que hacía resonar la iglesia donde rezaba, un rostro humilde y devoto que con muy buen continente ponia cuando rezaba, sin hacer gestos, ni visajes con boca ni ojos, como otros suelen hacer. Allende desto, tenía otras mil formas y maneras para sacar el dinero :

decia saber oraciones para muchos y diversos efectos :
para mujeres que no parian, para las que estaban de
parto, para las que eran mal casadas, que sus maridos
las quisiesen bien ; echaba pronósticos á las preñadas,
si traian hijo ó hija. Pues en caso de medicina, decia,
Galeno no supo la mitad que él para muelas, desmayos,
males de madre. Finalmente, nadie le decia padecer
alguna pasion, que luego no le decia : haced esto, haréis
estotro, coged tal yerba, tomad tal raiz. Con esto andá-
base todo el mundo tras él, especialmente mujeres, que
cuanto les decia creian : destas sacaba él grandes pro-
vechos con las artes que digo, y ganaba más en un mes
que cien ciegos en un año. Mas tambien quiero que sepa
vuestra merced, que con todo lo que adquiria y tenía,
jamás tan avariento, ni mezquino hombre no ví, tanto
que me mataba á mí de hambre, y á sí no se remediaba
de lo necesario. Digo verdad : si con mi sotileza y buenas mañas no me supiera remediar, muchas veces me
finara de hambre ; mas con todo su saber y aviso le con-
traminaba de tal suerte, que siempre, ó las más veces,
me cabia lo más y mejor.

Para esto le hacía burlas endiabladas, de las cuales
contaré algunas, aunque no todas á mi salvo. Él traia el
pan y todas las otras cosas en un fardel de lienzo que
por la boca se cerraba con una argolla de hierro, y su
candado y llave, y al meter de las cosas y sacarlas, era
con tanta vigilancia y tan por contadero, que no bastara
todo el mundo hacerle ménos una migaja ; mas yo tomaba aquella laceria que él me daba, la cual en ménos
de dos bocados era despachada. Despues que cerraba el
candado y se descuidaba, pensando que yo estaba en-
tendiendo en otras cosas, por un poco de costura, que
muchas veces del un lado del fardel descosia y tornaba
á coser, sangraba el avariento fardel, sacando, nó por
tasa, pan, mas buenos pedazos, torreznos y longaniza,

y así buscaba conveniente tiempo para rehacer, nó la chaza, sinó la endiablada falta, que el mal ciego me faltaba.

Todo lo que podia sisar y hurtar, traia en medias blancas, y cuando le mandaban rezar, y le daban blancas, como él carecia de vista, no habia el que se la daba amagado con ella, cuando yo la tenía lanzada en la boca, y la media aparejada, que por presto que él echaba la mano, ya iba de mi cambio aniquilada en la mitad del justo precio. Quejábaseme el mal ciego, porque al tiento luego la conocia y sentia que no era blanca entera, y decia :

—¿ Qué diablos es esto, que despues que conmigo estás no me dan sino medias blancas, y de ántes una blanca, y un marevedí hartas veces me pagaban ? En tí debe de estar esta desdicha.

Tambien él abreviaba el rezar, y la mitad de la oracion no acababa, porque me tenía mandado, que en yéndose el que la mandaba rezar, le tirase por cabo del capuz. Yo así lo hacia. Luego él tornaba á dar voces, diciendo : Manden rezar tal y tal oracion, como suelen decir.

Usaba poner cabe sí un jarrillo de vino cuando comíamos ; yo muy de presto le asia, y daba un par de besos callados, y tornábale á su lugar. Mas duróme poco, que en los tragos conocia la falta, y por reservar su vino á salvo, nunca despues desamparaba el jarro, ántes lo tenía por el asa asido ; mas no habia piedra imán que trajese á sí el hierro, como yo el vino con una paja larga de centeno, que para aquel menester tenía hecha, la cual metiéndola en la boca del jarro, chupando el vino, lo dejaba á buenas noches. Mas como fuese el traidor tan astuto, pienso que me sintió, y dende en adelante mudó propósito, y asentaba su jarro entre las piernas, y atapábale con la mano, y así bebia seguro. Yo, como estaba

hecho al víno, moria por él; y viendo que aquel remedio de la paja no me aprovechaba ni valia, acordé en el
suelo del jarro hacerle una fuentecilla, y agujero sutil,
y delicadamente con una muy delgada tortilla de cera
taparlo, y al tiempo de comer fingiendo haber frio, en-
trábame entre las piernas del triste ciego á calentarme
en la pobrecilla lumbre que teníamos, y al calor della
luego era derretida la cera, por ser muy poca, comenzaba
la fuentecilla á destilarme en la boca, la cual yo de tal
manera ponia, que maldita la gota se perdia. Cuando el
pobrete iba á beber, no hallaba nada : espantábase, mal-
decíase, daba al diablo el jarro y el víno, no sabiendo
qué podia ser. No diréis, tio, que os lo bebo yo, decia ;
pues no lo quitáis de la mano. Tantas vueltas y tientos
dió al jarro, que halló la fuente y cayó en la burla ; mas
así lo disimuló como si no lo hubiera sentido, y luego
otro dia, teniendo yo rezumado mi jarro como solia, no
pensando en el daño que me estaba aparejado, ni que
el mal ciego me sentia, sentéme como solia, estando
recibiendo aquellos dulces tragos, mi cara puesta hácia
el cielo, un poco cerrados los ojos, por mejor gustar el
sabroso licor, sintió el desesperado ciego que ahora tenía
tiempo de tomar de mí venganza, y con toda su fuerza,
alzando con dos manos aquel dulce y amargo jarro, le
dejó caer sobre mi boca, ayudándose (como digo) con
todo su poder, de manera que el pobre Lázaro, que de
nada desto se guardaba, ántes, como otras veces, estaba
descuidado y gozoso, verdaderamente me pareció que
el cielo, con todo lo que en él hay, me habia caido encima. Fué tal el golpecillo, que me desatinó y sacó de
sentido, y el jarrazo tan grande, que los pedazos dél se
me metieron por la cara, rompiéndomela por muchas
partes, y me quebró los dientes, sin los cuales hasta hoy
dia me quedé.

Desde aquella hora quise mal al mal ciego; y aunque

me queria y regalaba y me curaba, bien ví que se habia holgado del cruel castigo. Lavóme con víno las roturas que con los pedazos del jarro me habia hecho, y sonriéndose decia : ¿Qué te parece, Lázaro? Lo que te enfermó te sana y da salud, y otros donaires que á mi gusto no lo eran. Ya que estuve medio bueno de mi negra trepa y cardenales, considerando que á pocos golpes tales el cruel ciego ahorraria de mí, quise yo ahorrar dél; mas no lo hice tan presto por hacerlo más á mi salvo y provecho, aunque yo quisiera asentar mi corazon, y perdonalle el jarrazo, no daba lugar el mal tratamiento que el mal ciego desde allí adelante me hacía, que sin causa ni razon me heria, dándome coscorrones y repelándome. Y si alguno le decia, por qué me trataba tan mal, luego contaba el cuento del jarro, diciendo: ¿Pensáis que este mi mozo es algun inocente? Pues oid si el demonio ensayara otra tal hazaña. Santiguándose los que lo oian, decian : Mirad quién pensara de un mochacho tan pequeño tal ruindad; y reian mucho el artificio, y decíanle ; Castigadlo, castigadlo, que de Dios lo habréis, y él con aquello nunca otra cosa hacía.

Y en esto yo siempre le llevaba por los peores caminos, y adrede, por le hacer mal y daño, si habia piedras por ellas, si lodo por lo más alto, que aunque yo no iba por lo más enjuto, me holgaba de quebrarme á mí un ojo por quebrarlos al que ninguno tenía. Con esto siempre con el cabo alto del tiento me tentaba el colodrillo, el cual siempre traia lleno de tolondrones, y pelado de sus manos ; y aunque yo juraba no lo hacer con malicia, sino por no hallar mejor camino, no me aprovechaba ni me creia ; mas tal era el sentido y grandísimo entendimiento del traidor. Y porque vea vuestra merced á cuanto se extendia el ingenio deste astuto ciego, contaré un caso de muchos que con él me acaescieron, en el cual me parece dió bien á entender su gran astucia.

Cuando salimos de Salamanca, su motivo fué venir á tierra de Toledo, porque decia ser la gente más rica, aunque no muy limosnera. Arrimábase á este refran : Más da el duro que el desnudo, y venimos á este camino por los mejores lugares; do hallaba buena acogida y ganancia, deteníamonos; donde nó, á tercero dia hacíamos San Juan. Acaeció, que llegando á un lugar que llaman Almoroz, al tiempo que cogian las uvas, un vendimiador le dió un racimo dellas en limosna, y como suelen ir los cestos maltratados, y tambien porque la uva en aquel tiempo está muy madura, desgranábasele el racimo en la mano, para echarlo en el fardel tornábase mosto, y lo que á él se llegaba, acordó de hacer un banquete, así por no poderlo llevar, como por contentarme, que aquel dia me habia dado muchos rodillazos y golpes; sentámonos en un valladar, y dijo :

— Ahora quiero yo usar contigo de una liberalidad, y es, que ambos comamos este racimo de uvas, y que hayas dél tanta parte como yo; partillo hemos desta manera : tú picarás una vez, y yo otra, con tal que me prometas no tomar cada vez más de una uva, yo haré lo mismo hasta que lo acabemos, y desta suerte no habrá engaño.

Hecho así el concierto, comenzamos; mas luego al segundo lance el traidor mudó propósito, y comenzó á tomar de dos en dos, considerando que yo debria hacer lo mismo. Como ví que él quebraba la postura, no me contenté ir á la par con él; mas aun pasaba adelante dos á dos, y tres á tres, y cómo podia las comia. Acabado el racimo, estuvo un poco con el escobajo en la mano, y meneando la cabeza, dijo :

— Lázaro, engañado me has : juraré yo que has tú comido las uvas tres á tres.

— No comí, dije yo; mas ¿por qué sospecháis eso?

Respondió el graciosísimo ciego :

— ¿Sabes en qué veo que las comiste tres á tres? en que comia yo dos á dos, y callabas.

Reíme entre mí, y (aunque mochacho) noté mucho la discreta consideracion del ciego; mas por no ser prolijo, dejo de contar muchas cosas, así graciosas como de notar, que con este mi primer amo me acaescieron, y quiero decir el despidiente, y con él acabar. Estábamos en Escalona (villa del duque della) en un meson, y dióme un pedazo de longaniza que le asase. Y ya que la longaniza habia pringado, y comídose las pringadas, sacó un maravedí de la bolsa, y mandóme que fuese por él de víno á la taberna. Púsome el demonio el aparejo delante los ojos, el cual (como suelen decir) hace al ladron, y fué, que habia cabe el fuego un nabo pequeño, larguillo y ruinoso, y tal, que por no ser para la olla, debió ser echado allí; y como al presente nadie estuviese sino él y yo solos, como me ví con apetito goloso, habiéndome puesto dentera el sabroso olor de la longaniza, del cual solamente sabía que habia de gozar, no mirando qué me podria suceder, pospuesto todo temor, por cumplir con el deseo, en tanto que el ciego sacaba de la bolsa el dinero, saqué la longaniza, y muy presto metí el sobredicho nabo en el asador, el cual mi amo, dándome el dinero para el víno, tomó y comenzó á dar vueltas al fuego, queriendo asar al que de ser cocido por sus deméritos habia escapado. Yo fuí por el víno, con el cual no tardé en despachar la longaniza, y cuando vine hallé al pecador del ciego que tenía entre dos rebanadas apretado el nabo, al cual aun no habia conocido por no lo haber tentado con la mano. Como tomase las rebanadas y mordiese en ellas, pensando tambien llevar parte de la longaniza, hallóse en frio con el frio nabo, alteróse, y dijo :

— ¿Qué es esto, Lazarillo?

— Lacerado de mí, dije yo, si queréis achacarme

algo. Yo ¿no vengo de traer el víno? Alguno estaba ahí,
y por burla haria eso.

— Nó, nó, dijo él, que yo no he dejado el asador de
la mano, nó es posible.

Yo torné á jurar y perjurar que estaba libre de aquel
trueco y cambio; mas poco me aprovechó, pues á las
astucias del maldito ciego nada se le escondia. Levantóse
y asióme por la cabeza, y llegóse á olerme, y como
debió sentir el huelgo, á uso de buen podenco, por mejor satisfacerse de la verdad, y con la gran agonía que
llevaba, asiéndome con las manos, abrióme la boca más
de su derecho, y desatentadamente metia la nariz, la
cual tenia larga y afilada, y á aquella sazon con el
enojo se habia aumentado un palmo, con el pico de la
cual me llegó al gallillo. Con esto y con el gran miedo
que tenía, y con la brevedad del tiempo, que la negra
longaniza aun no habia hecho asiento en el estómago,
y lo más principal, con el destiento de la cumplidísima
nariz, medio casi ahogándome, todas estas cosas se
juntaron, y fuéron causa que el hecho y golosina se ma-
nifestase, y lo suyo fuese vuelto á su dueño; de manera
que ántes que el mal ciego sacase de mi boca su trompa,
tal alteracion sintió mi estómago, que le dió con el hurto
en ella, de suerte que su nariz y la negra mal mascada
longaniza á un tiempo salieron de mi boca. ¡Oh gran
Dios! ¡Quién estuviera á aquella hora ya sepultado! que
muerto ya lo estaba. Fué tal el coraje del perverso
ciego, que si al ruido no acudieran, pienso no me dejara
con la vida.

Sacáronme de entre sus manos, dejándoselas llenas de
aquellos pocos cabellos que tenía, arañada la cara y
rasguñado el pescuezo y la garganta; y esto bien lo
merescia, pues por mi maldad me venian tantas persecuciones. Contaba el mal ciego á todos cuantos allí se
llegaban mis desastres, y dábales cuenta una y otra vez,

así de la del jarro como de la del racimo, y ahora de lo presente; era la risa de todos tan grande, que toda la gente que por la calle pasaba, entraba á ver la fiesta; mas con tanta gracia y donaire contaba el ciego mis hazañas, que aunque yo estaba tan maltratado y llorando, me parecia que le hacía injusticia en no se las reir. Y en cuanto esto pasaba, á la memoria me vino una cobardía y flojedad que hice porque me maldecia, y fué no dejarle sin narices, pues tan buen tiempo tuve para ello, que la mitad del camino estaba andado. Con solo apretar los dientes se me quedaran en casa, y ser de aquel malvado, por ventura lo retuviera mejor mi estómago que tuvo la longaniza, y no pareciendo ellas pudiera negar la demanda. Pluguiera á Dios que lo hubiera hecho, que eso me fuera así que así. Hiciéronnos amigos la mesonera y los que allí estaban, y con el vino que para beber le habia traido laváronme la cara y la garganta; sobre lo cual discantaba el mal ciego donaires, diciendo :

— Por verdad más vino me gasta este mozo en lavatorios al cabo del año, que yo bebo en dos. A lo ménos, Lázaro, eres más en cargo al vino, que á tu padre, porque él una vez te engendró, mas el vino mil te ha dado la vida; y luego contaba cuantas veces me habia descalabrado y arpado la cara, y con vino luego sanaba. Yo te digo (dijo) que si hombre en el mundo ha ser bien afortunado con vino, que serás tú; y reian mucho los que me lavaban con esto, aunque yo renegaba. Mas el pronóstico del ciego no salió mentiroso, que despues acá muchas veces me acuerdo de aquel hombre, que sin duda debia tener espíritu de profecía, y me pesa de los sinsabores que le hice, aunque bien se lo pagué, considerando lo que aquel dia me dijo salirme tan verdadero como adelante vuestra merced oirá.

Visto esto y las malas burlas que el ciego burlaba de

mí, déterminé de todo en todo dejarle, y como le tenía
pensado y lo tenía en voluntad, con este postrer juego
que me hizo, áfirmélo más; y fué así, que luego otro dia
salimos por la villa á pedir limosna, y habia llovido
mucho la noche ántes; y porque el dia tambien llovia,
andaba rezando debajo de unos portales, que en aquel
pueblo habia, donde no nos mojábamos; mas como la
noche se venía, y el llover no cesaba, díjome el ciego :

— Lázaro, esta agua es muy porfiada, y cuanto la
noche más cierra, más recia; acojámonos á la posada
con tiempo.

Para ir allá habíamos de pasar un arroyo, que con la
mucha agua iba grande; yo le dije :

— Tio, el arroyo va muy ancho; mas si queréis, yo
veo por donde atravesemos más aina sin nos mojar,
porque se estrecha allí mucho, y saltando pasarémos á
pié enjuto.

Parecióle buen consejo, y dijo :

— Discreto eres, por eso te quiero bien, llévame á ese
lugar, donde el arroyo se ensangosta, que agora es invierno, y sabe mal el agua, y más llevar los piés moja-
dos.

Yo que ví el aparejo á mi deseo, saquéle debajo de los
portales, y llevélo derecho de un pilar, ó poste de piedra
que en la plaza estaba, sobre el cual, y sobre otros car-
gaban saledizos de aquellas casas, y díjele :

— Tio, este es el paso más angosto que en el arroyo
hay.

Como llovia recio, y el triste mojaba, y con la priesa
que llevábamos de salir del agua que encima nos caía,
y lo más principal, porque Dios le cegó aquella hora el
entendimiento por darme de él venganza, creyóse de
mí, y dijo :

— Ponme bien derecho, y salta tú el arroyo.

Yo le puse bien derecho enfrente del pilar, y doy un

salto, y póngome detrás del poste como quien espera
tope de toro, y díjele :

— Sus, saltad todo lo que podáis, porque déis deste
cabo del agua.

Aun apénas lo habia acabado de decir, cuando se aba-
lanza el pobre ciego como cabron, y de toda su fuerza
arremete tomando un paso atrás de la corrida para
hacer mayor salto, y da con la cabeza en el poste, que
sonó tan recio, como si diera con una gran calabaza, y
cayó luego para tras medio muerto, y hendida la cabeza.

— ¿Cómo olistes la longaniza, y nó el poste? Huele,
huele, le dije yo y dejéle en poder de mucha gente que
lo habia ido á socorrér, y tomé la puerta de la villa en
los piés de un trote, y ántes que la noche viniese dí conmigo en Torrijos. No supe más lo que Dios hizo dél, ni
procuré de saberlo.

TRATADO II.

Cómo Lázaro se asentó con un clérigo, y de las cosas que con él pasó.

Otro dia, no pareciéndome estar allí seguro, fuíme á un
lugar que llaman Maqueda, adonde me toparon mis pecados con un clérigo que, llegando á pedir limosna, me
preguntó si sabía ayudar á misa. Yo dije que sí, como
era verdad, que aunque maltratado, mil cosas buenas
me mostró el pecador del ciego, y una dellas fué esta.
Finalmente, el clérigo me recibió por suyo, escapé del
trueno y dí en el relámpago ; porque era el ciego para
con este un Alejandro Magno, con ser la misma avari-
cia, como he contado : no digo más, sinó que toda la

laceria del mundo estaba encerrada en este, no sé si de su cosecha era, ó lo habia anejado con el hábito de clerecía. El tenía un arcaz viejo y cerrado con su llave, la cual traia atada con un agujeta del paletoque ; y en viniendo el bodigo de la iglesia, por su mano era luego allí lanzado, y tornada á cerrar el arca ; y en toda la casa no habia ninguna cosa de comer, como suele estar en otras : algun tocino colgado al humero, algun queso puesto en alguna tabla ó en el armario, algun canastillo con algunos pedazos de pan que de la mesa sobran, que me paresce á mí que aunque dello no me aprovechara, con la vista dello me consolara. Solamente habia una horca de cebollas, y tras llave, en una cámara en lo alto de la casa ; destas tenía yo de racion una para cada cuatro dias, y cuando le pedia la llave para ir por ella, si alguno estaba presente, echaba mano al falsopeto, y con gran continencia la desataba y me la daba diciendo :

— Toma, y vuélvela luego, y no hagáis sino golosmear : como si debajo della estuvieran todas las conservas de Valencia, con no haber en la dicha cámara (como dije) maldita otra cosa que las cebollas colgadas de un clavo, las cuales él tenía tambien por cuenta, que si por malos de mis pecados me desmandara á más dé mi tasa, me costara caro. Finalmente, yo me finaba de hambre. Pues ya que conmigo tenía poca caridad, consigo usaba más. Cinco blancas de carne era su ordinario para comer y cenar ; verdad es que partia conmigo del caldo, que de la carne tan blanco el ojo, sino un poco de pan, y pluguiera á Dios que me demediara. Los sábados cómense en esta tierra cabezas de carnero, y enviábame por una que costaba tres maravedises ; aquella la cocia y comia los ojos, y la lengua y el cogote y sesos, y la carne que en las quijadas tenía, y dábame todos los huesos roidos, y dábamelos en el plato, diciendo :

— Toma, come, triunfa, que para tí es el mundo ; mejor vida tienes que el papa.

— Tal te la dé Dios, decia yo paso entre mí.

A cabo de tres semanas que estuve con él, vine á tanta flaqueza que no me podia tener en las piernas de pura hambre : víme claramente ir á la sepultura, si Dios y mi saber no me remediaran ; para usar de mis mañas no tenía aparejo, por no tener en qué darle salto, y aunque algo hubiera no pudiera cegarle, como hacia al que Dios perdone, si de aquella calabazada feneció, que todavía aunque astuto, con faltarle aquel preciado sentido no me sentia ; mas estotro, ninguno hay que tan aguda vista tuviese como él tenía. Cuando al ofertorio estábamos ninguna blanca en la concha caia que no era de registrada : el un ojo tenía en la gente y el otro en mis manos ; bailábanle los ojos en el casco como si fueran de azogue ; cuantas blancas ofrescian tenía por cuantas y acabado el ofrescer luego me quitaba la concheta y la ponia sobre el altar. No era yo señor de asirle una blanca todo el tiempo que con él viví, ó por mejor decir morí. De la taberna nunca le traje una blanca de vino, mas aquel poco que de la ofrenda habia metido en su arcaz compasaba de tal forma, que le duraba toda la semana, y por ocultar su gran mezquindad, decíame : Mira, mozo, los sacerdotes han de ser muy templados en su comer y beber, y por esto yo no me desmando como otros ; mas el lacerado mentia falsamente, porque en cofradías y mortuorios que rezábamos á costa ajena comia como lobo y bebia más que un saludador.

Y porque dije mortuorios, Dios me perdone, que jamas fuí enemigo de la naturaleza humana sino entónces, y esto era porque comíamos bien y me hartaba ; deseaba y aun rogaba á Dios que cada dia matase el suyo. Y cuando dábamos Sacramento á los enfermos, especialmente la Extrema-uncion, como manda el clérigo rezar

á los que estaban allí, yo cierto no era el postrero de la
oracion, y con todo mi corazon y buena voluntad rogaba
al Señor, nó que le echase á la parte que más servido
fuese, como se suele decir, mas que le llevase deste
mundo. Cuando algunos destos escapaban, Dios me lo
perdone, que mil veces le daba al diablo, y el que se
moria otras tantas bendiciones llevaba de mí dichas;
porque en todo el tiempo que allí estuve, que serian casi
seis meses, solas veinte personas fallecieron, y estas bien
creo que las maté yo, ó por mejor decir murieron á mi
recuesta ; porque viendo el Señor mi rabiosa y continua
muerte, pienso que holgaba de matarlos por darme á mí
vida. Mas de lo que al presente padecia, remedio no
hallaba, que si el dia que enterrábamos yo vivia, los
dias que no habia muerto por quedar bien vezado de la
hartura, tornando á mi cuotidiana hambre, más lo sentia. De manera que en nada hallaba descanso, salvo en
la muerte, que yo tambien para mí como para los otros
deseaba algunas veces, mas no la veia aunque estaba
siempre en mí.

Pensé muchas veces irme de aquel mezquino amo,
mas por dos cosas lo dejaba. La primera por no me atre-
ver á mis piernas, por temor de la flaqueza, que de pura
hambre me caia ; y la otra consideraba y decia : Yo he
tenido dos amos, el primero traíame muerto de hambre,
y dejándole, topé con estotro, que me tiene ya con ella
en la sepultura : pues si de este desisto y doy en otro
más bajo, ¿ qué será sino fenescer ? Con esto no me
osaba menear, porque tenía por fé que todos los grados
habia de hallar más ruines ; y á abajar otro punto no
sonara Lázaro ni se oyera en el mundo. Pues estando en
tal afliccion, cual plega al Señor librar de ella á todo fiel
cristiano, y sin saber darme consejo, viéndome ir de
mal en peor, un dia que el cuitado ruin y lacerado de
mi amo habia ido fuera del lugar, llegóse acaso á mi

puerta un calderero, el cual yo creo que fué ángel enviado á mí por mano de Dios en aquel hábito ; preguntóme si tenía algo que adobar. En mí teníades bien que
hacer, y no haríades poco, si me remediásedes, dije
paso, que no me oyó ; mas como no era tiempo de gas-
tarlo en gracias, alumbrado por el Espíritu Santo, le
dije :

— Tio, una llave desta arca he perdido, y temo que
mi señor me azote, por vuestra vida veais si en esas que
traéis hay alguna que le haga, que yo os lo pagaré.

Comenzó á probar el angélico calderero una y otra
de un gran sartal que de ellas traia, y yo ayudarle con
mis flacas oraciones, cuando no me cato, veo en figura
de panes, como dicen, la cara de Dios dentro del arcaz,
y abierto, díjele :

— Yo no tengo dineros que os dar por la llave, mas
tomad de áhí el pago.

El tomó un bodigo de aquellos, el que mejor le pareció, y dándome mi llave se fué muy contento, dejándome más á mí ; mas no toqué en nada por el presente,
poque no fuese la falta sentida, y aun porque me ví de
tanto bien señor, parecióme que la hambre no se me
osaba llegar. Vino el mísero de mi amo, y quiso Dios
que no miró en la oblada que el ángel habia llevado.

Yo otro dia, en saliendo de casa, abro mi paraíso
panal, y tomo entre las manos y dientes un bodigo, y en
dos credos le hice invisible, no se me olvidando el arca
abierta, y comienzo á barrer la casa con mucha alegría,
pareciéndome con aquel remediar dende en adelante la
triste vida. Y así estuve con ello aquel dia y otro gozoso ;
mas no estaba en dicha que me durase mucho aquel
descanso, porque luego al tercero dia me vino la tercia-
na derecha, y fué que veo á deshora al que me mataba
de hambre sobre nuestro arcaz volviendo y revolviendo,
contando y y tornando á contar los panes. Yo disimulaba

y en mi secreta oracion y devociones y plegarias decia San Juan, y ciégale. Despues que estuvo un gran rato echando la cuenta, por dias y dedos contando, dijo :

— Si no tuviera á tan buen recaudo esta arca, yo dijera que me habian tomado della panes ; pero de hoy mas solo por cerrar puerta á la sospecha quiero tener buena cuenta con ello : nueve quedan y un pedazo.

Nuevas malas te dé Dios (dije yo entre mí) : parecióme con lo que dijo pasarme el corazon con saeta de montero, y comenzóme el estómago á escarbar de hambre viéndose puesto en la dieta pasada. Fué fuera de casa, y yo por consolarme, abro el arca, y como ví el pan, comencélo de adorar, no osando rescebillo. Contélos, si á dicha el lacerado se errara, y hallé su cuenta más verdadera que yo quisiera. Lo más que yo pude hacer fué dar en ellos mil besos, y lo más delicado que yo pude, del partido partí un poco al pelo que él estaba, y con aquel dia, no tan alegre como el pasado ; mas como la hambre creciese, mayormente que tenía el estómago hecho á más pan aquellos dos ó tres dias ya dichos, moria mala muerte, tanto que otra cosa no hacía en viéndome solo sino abrir y cerrar el arca, y contemplar en aquella cara de Dios (que así dicen los niños) ; mas el mismo Dios que socorre á los afligidos, viéndome en tal estrecho, trajo á mi memoria un pequeño remedio, que considerando entre mi, dije : este arqueton es viejo, grande y roto, y por algunas partes con algunos pequeños agujeros : puédese pensar que ratones entrando en él hacen daño á este pan ; sacarlo entero no es cosa conveniente, porque verá la falta el que en tanta me hace vivir ; esto bien se sufre, y comienzo á desmigajar el pan sobre unos no muy costosos manteles que allí estaban, y tomo uno y dejo, de manera que en cada cual de tres ó cuatro desmigajé su poco ; despues, como quien toma grajea, lo comí, y algo me consolé ; mas él, como viniese á comer

2.

y abriese el arca, vió el mal pesar, y sin duda creyó ser ratones los que el daño habian hecho, porque estaba muy al propio contra hecho de como ellos lo suelen hacer.

Miró todo el arca de un cabo á otro, y vióle ciertos agujeros por do sospechaba habian entrado ; llamóme, diciendo :

— Lázaro, mira qué persecucion ha venido aquesta noche por nuestro pan.

Yo híceme muy maravillado, preguntándole qué sería.

— ¿ Qué ha de ser ? dijo él : ratones que no dejan cosa á vida.

Pusímonos á comer, y quiso Dios que aun en esto me fué bien, que me cupo más pan que la laceria que me solia dar, porque rayó con un cuchillo todo lo que pensó ser ratonado, diciendo :

— Cómete eso, que el raton cosa limpia es.

Y así aquel dia, añadiendo la racion del trabajo de mis manos ó de mis uñas, por mejor decir, acabamos de comer, aunque yo nunca empezaba, y luego me vino otro sobresalto que fué verle andar solícito quitando clavos de paredes y buscando tablillas, con las cuales clavó y cerró todos los agujeros de la vieja arca. ¡ Oh Señor mio dije yo entónces, á cuánta miseria yfortuna y desastres estamos puestos los nacidos, y cuán poco duran los placeres desta nuestra trabajosa vida ! Héme aquí que pensaba con este pobre y triste remedio remediar y pasar mi laceria, y estaba ya cuanto que alegre y de buena ventura ; mas no quiso mi desdicha, despertando á este lacerado de mi amo y poniéndole más diligencia de la que él de suyo se tenía (pues los míseros por la mayor parte nunca de aquella carecen) ; sino que agora cerrando los agujeros del arca, cerrase la puerta á mi consuelo y la abriese á mis trabajos. Así lamentaba yo, en tanto que mi solícito carpintero con muchos clavos y tablillas dió fin á su obra, diciendo :

Agora, donos traidores ratones, conviéneos mudar propósito, que en esta casa mala madera tenéis.

De que salió de su casa, voy á ver la obra, y hallé que no dejó en la triste y vieja arca agujero, ni aun por donde le pudiese entrar un mosquito; abro con mi desaprovechada llave, sin esperanza de sacar provecho, y ví los dos ó tres panes comenzados, los que mi amo creyó ser ratonados, y dellos todavía saqué alguna laceria, tocándoles muy ligeramente, á uso de esgrimidor diestro, como la necesidad sea tan gran maestra. Viéndome con tanta siempre, noche y dia estaba pensando la manera que tendria en sustentar el vivir, y pienso para hallar estos negros remedios, que me era luz la hambre, pues dicen que el ingenio con ella se aviva, y al contrario con la hartura, y así era por cierto en mí. Pues estando una noche desvelado en este pensamiento, pensando cómo me podria valer y aprovecharme del arcaz, sentí que mi amo dormia, porque lo mostraba con roncar y en unos resoplidos grandes que habia cuando estaba durmiendo; levantéme muy quedito, y habiendo en el dia pensado lo que habia de hacer y dejado un cuchillo viejo, que por allí andaba, en parte do le hallase, vóime al triste arcaz, y por do habia mirado tener ménos defensa, le acometí con el cuchillo, que á manera de barreno dél usé; y como la antiquísima arca, por ser de tantos años, la hallase sin fuerza y corazon, ántes muy blanda y carcomida, luego se me rindió, y consintió en su costado por mi remedio un buen agujero. Esto hecho, abro muy paso la llagada arca, y al tiempo del pan, que hallé partido, hice (segun de yuso está escrito); y con aquello, algun tanto consolado tornando á cerrar, me volví á mis pajas, en las cuales reposé y dormí un poco, lo cual yo hacía mal, y echábalo al no comer, y así sería; porque cierto en aquel tiempo no me debian de quitar el sueño los cuidados del rey de Francia.

Otro dia fué por el señor mi amo visto el daño, asi del pan como del agujero que yo habia hecho, y comenzó á dar al diablo los ratones y decir :

— ? Qué dirémos á esto ? Nunca haber sentido ratones en esta casa sino agora ; y sin duda debia de decir verdad, porque si casa habia de haber en el reino justamente dellos privilegiada, aquella de razon habia de ser, porque no suelen morar donde no hay que comer. Torna á buscar clavos por la casa y por las paredes, y con tablillas á tapar los agujeros. Venida la noche y su reposo, luego yo era puesto en pié con mi aparejo, y cuantos él tapaba de dia destapaba yo de noche. En tal manera fué y tal prisa nos dimos, que sin duda por esto se debió decir : donde una puerta se cierra otra se abre. Finalmente, parecíamos tener á destajo la tela de Penélope, pues cuanto él tejia de dia, rompia yo de noche, y en pocos dias y noches pusimos la pobre despensa, de tal forma, que quien quisiera propiamente della hablar, más coraza vieja de otro tiempo, que no arcaz la llamara segun la clavazon y tachuelas sobre sí tenia.

De que vió no le aprovechar nada su remedio, dijo :

— Este arcaz está tan mal tratada, y es de madera tan vieja y flaca, que no habrá raton á quien se defienda ; y va ya tal, que si andamos más con él nos dejará sin guarda ; y aun lo peor, que aunque hace poco, todavía hará falta faltando ; y no me pondrá esta en costa tres ó cuatro reales. El mejor remedio que hallo, pues el de hasta aqui no aprovecha, armaré por de dentro el gato á estos ratones malditos ; luego buscó prestada una ratonera, y con cortezas de queso, que á los vecinos pedia, continuo el gato estaba armado dentro del arca, lo cual era para mi singular auxilio ; porque puesto caso que yo no habia menester muchas salsas para comer, todavia me holgaba con las cortezas del queso que de la ratonera sacaba, y sin esto no perdonaba el ratonar del bodigo. Como ha-

llase el pan ratonado y el queso comido, y no cayese el
raton que lo comia, dábase al diablo, preguntaba á los
vecinos : ¿ qué podria ser comer el queso y sacarlo de
la ratonera, y no caer ni quedar dentro el raton, y hallar
caida la trampilla del gato ? Acordaron los vecinos no
ser el raton el que este daño hacia, porque no fuera
menor de haber caido alguna vez ; dijole un vecino :

— En vuestra casa yo me acuerdo que solia andar una
culebra, y esta debe ser sin duda, y lleva razon, que como es larga, tiene lugar de tomar el cebo, y aunque la
coja la trampilla encima, como no entre toda dentro,
tórnase á salir.

Cuadró á todos lo que aquel dijo, y alteró mucho á
mi amo, y dende en adelante no dormia tan á sueño
suelto, que cualquier gusano de la madera que de noche
sonase, pensaba ser la culebra que le roia el arca y luego era puesto en pié, y con un garrote que á la cabecera
(desde que aquello le dijeron) ponia, daba en la pecadora del arca grandes garrotazos pensando espantar la
culebra. A los vecinos despertaba con el estruendo que
hacía, y á mí no dejaba dormir. Ibase á mis pajas y
trastornábalas, y á mí con ellas, pensando que la culebra
se iba para mí y se envolvia en mis pajas ó en mi sayo,
porque le decian que de noche acaescia á estos animales,
buscando calor, ir á las cunas donde están criaturas,
y aun morderlas y hacerles peligrar. Yo las más veces
hacia del dormido, y en la mañana decíame él :

— Esta noche, mozo, ¿ no sentiste nada ? Pues tras la
culebra anduve, y aun pienso se ha de ir para tí á la
cama, pues son muy frias y buscan calor.

— Plega á Dios que no me muerda (decia yo) , que
harto miedo le tengo.

Desta manera andaba tan elevado y levantado del sueño, que mi fe la culebra ó el culebro, por mejor decir,
no osaba roer de noche ni levantarse al arca ; mas de

dia, miéntras estaba en la iglesia ó por el lugar, hacía mis saltos. Los cuales daños viendo él y el poco remedio que les podia poner, andaba de noche, como digo, hecho trasgo : yo hube miedo que con aquellas diligencias no me topase con la llave que debajo de las pajas tenía, y parecióme lo más seguro meterla de noche en la boca, porque ya desde que viví con el ciego la tenía tan hecha bolsa, que me acaeció tener el ella doce ó quince mara- vedís, todo en medias blancas, sin que me estorbase el comer, porque de otra manera no era señor de una blan- ca, que el maldito ciego no cayese con ella, no dejando costura ni remiendo que no me buscaba muy á menudo. Pues así, como digo, metia cada noche la llave en la boca, y dormia sin recelo que el brujo de mi amo cayese con ella ; mas cuando la desdicha ha de venir, por de- mas es diligencia. Quisieron mis hados (ó por mejor decir mis pecados) que una noche que estaba durmien- do, la llave se me puso en la boca, que abierta debia te- ner de tal manera y postura, que el aire y resoplo que yo durmiendo echaba salia por lo hueco de la llave, que de cañuto era, y silbaba, segun mi desastre quiso, muy recio, de tal manera que el sobresaltado de mi amo lo oyó, y creyó sin duda ser el silbo de la culebra, y cierto lo debia parecer. Levantóse muy paso con su ga- rrote en la mano, y al tiento y sonido de la culebra se llegó á mi con mucha quietud, por no ser sentido de la culebra ; y como cerca se vió, pensó que alli en las pa- jas donde yo estaba echado, al calor del mio se habia venido, levantando bien el palo, pensando tenerla debajo y darla tal garrotazo que la matase, con toda su fuerza me descarga en la cabeza tan gran golpe, que sin ningun sentido y muy mal descalabrado me dejó. Como sintió que me habia dado, segun yo debia hacer gran senti- miento con el fiero golpe, contaba él que se habia llega- do á mi, y dándome grandes voces, llamándome, procuró

recordarme ; mas como me tocase con las manos, tentó
la mucha sangre que se me iba, y conoció el daño que
me habia hecho, y con mucha prisa fué á buscar lumbre
y llegando con ella, hallóme quejando todavia con mi
llave en la boca, que nunca la desemparé, la mitad fuera, bien de aquella manera que debia estar al tiempo que
silbaba con ella.

Espantado el matador de culebras qué podria ser aquella llave, miróla sacándomela del todo de la boca, y vió
lo que era, porque en las guardas nada de la suya dife-
renciaba ; fué luego á proballa, y con ella probó el male-
ficio. Debió de decir el cruel cazador : el raton y culebra
que me daban guerra, y comian mi hacienda, he hallado.
De lo que sucedió en aquellos tres dias siguientes, ninguna fe daré, porque los tuve en el vientre de la ballena ;
mas de cómo esto que he contado oi, despues que en mi
torné, decir á mi amo, el cual á cuantos allí venian lo
contaba por extenso. A cabo de tres dias yo torné en mi
sentido, y vime echado en mis pajas, la cabeza toda em-
plastada y llena de aceitesy ungüentos, y espantado
dije :

—¿ Qué es esto ?

Respondióme el cruel sacerdote :

— A fe que los ratones y culebras que me destruian
ya los he cazado.

Y miré por mi, y vime tan maltratado que luego sospeché mi mal. A esta hora entró una vieja que ensalmaba,
y los vecinos, y comiénzanme á quitar trapos de la cabeza
y curar el garrotazo ; y como me hallaron vuelto en mi
sentido, holgáronse mucho, y dijeron :

— Pues ha tornado en su acuerdo, placerá á Dios no
será nada.

Ahí tornaron de nuevo á contar mis cuitas, y á reirlas
y yo pecador á llorarlas. Con todo esto, diéronme de
comer, que estaba transido de hambre, y apénas me pu-

dieron demediar; y así, de poco en poco á los quince
dias me levanté y estuve sin peligro, mas nó sin hambre, y medio sano.

Luego otro dia que fuí levantado, el señor mi amo me
tomó por la mano y sacóme la puerta áfuera, y puesto
en la calle, díjome:

— Lázaro, de hoy más eres tuyo y nó mio, busca amo,
y vete con Dios, que yo no quiero en mi compañía tan
diligente servidor; no es posible sino que hayas sido mozo de ciego; y santiguándose de mí, como si yo estuviera
endemoniado, se torna á meter en casa, y cierra su
puerta.

TRATADO III.

De como Lázaro se asentó con un escudero, y de lo que le acaesció
con él.

Desta manera me fué forzado sacar fuerzas de flaqueza,
y poco á poco, con ayuda de las buenas gentes, dí conmigo en esta insigne ciudad de Toledo, adonde con la
merced de Dios, dende á quince dias se me cerró la
herida, y miéntras estaba malo siempre me daban alguna limosna; mas despues que estuve sano todos me
decian:

— Tú, bellaco y gallofero eres; busca, busca, un amo
á quien sirvas.

¿Y adonde se hallará ese, decia yo entre mí, si Dios
agora de nuevo (como crió el mundo) no le criase? Andan-
do asi discurriendo de puerta en puerta, con harto poco
remedio (porque ya la caridad se subió al cielo), topóme

Dios con un escudero que iba por la calle con razonable vestido, bien peinado, su paso y compas en órden; miróme y yo á él, y díjome:

— Mochacho, ¿ buscas amo?

Yo le dije:

— Si, señor.

— Pues vente tras mí, me respondió, que Dios te ha hecho merced en topar conmigo; alguna buena oracion rezaste hoy.

Seguíle, dando gracias á Dios por lo que le oí, y tambien que me parecia, segun su hábito y continente, ser el que yo habia menester. Era de mañana cuando este mi tercero amo topé, y llevóme tras sí gran parte de la ciudad. Pasamos por las plazas donde se vendia pan y otras provisiones; yo pensaba y aun deseaba que allí me queria cargar de lo que se vendia, porque esta era propia hora cuando se suele proveer de lo necesario; mas muy á tendido paso pasaba por estas cosas. Por ventura no lo ve aquí á su contento, decia yo, y querrá que lo compremos en otro cabo.

Desta manera anduvimos hasta que dió las once: entónces se entró en la iglesia mayor, y yo tras él; y muy devotamente le vi oir misa y los otros oficios divinos; hasta que todo fué acabado y la gente ida. Entónces salimos de la iglesia, y á buen paso tendido comenzamos á ir por una calle abajo; yo iba ya el más alegre del mundo, en ver que no nos habíamos ocupado en buscar de comer; bien consideré que debia ser hombre mi nuevo amo, que se proveia por junto, y que ya la comida estaria á punto, y tal como yo la deseaba y aun habia menester. En este tiempo dió el reloj la una, despues de medio dia, y llegamos á una casa, ante la cual mi amo se paró y yo con él, y derribando el cabo de la capa sobre el lado izquierdo, sacó una llave de la manga, y abrió su puerta y entramos en casa, la cual tenía la entrada

3

oscura y lóbrega, de tal manera, que parecia que ponia
temor á los que en ella entraban, aunque dentro della
estaba un patio pequeño y razonables cámaras. Desque
fuimos entrados, quita de sobre sí su capa, y preguntado
si tenía las manos limpias, la sacudimos y doblamos muy
limpiamente, y soplando un poyo que allí estaba la puso
en él; y hecho esto, sentóse cabe ella, preguntándome
muy por extenso de dónde era y cómo habia venido á
aquella ciudad. Yo le dí más larga cuenta que quisiera;
porque me parecia más conveniente hora de mandar poner la mesa y escudillar la olla, que de lo que me pedia:
con todo eso, yo le satisfice de mi persona lo mejor que
mentir supe, diciendo mis bienes y callando lo demas,
porque me parecia no ser para en cámara.

Esto hecho, estuvo así un poco, y yo luego ví mala
señal, por ser ya casi las dos y no le ver más aliento de
comer que á un muerto. Despues desto consideraba
aquel tener cerrada la puerta con llave, ni sentir arriba
ni abajo pasos de viva persona por la casa; todo lo que
habia visto eran paredes sin ver en ella silleta, ni tajo,
ni banco, ni mesa, ni aun tal arcaz como el de marras;
finalmente ella parecia casa encantada. Estando así, díjome:

— Tú, mozo, ¿has comido?

— Nó, señor, dije yo, que aun no eran dadas las ocho
cuando con vuestra merced encontré.

— Pues, aunque de mañana, yo habia almorzado,
dice, y cuando así como algo, hágote saber que hasta la
noche me estoy así; por eso, pásate como pudieres, que
despues cenarémos.

Vuestra merced crea, cuando esto le oí, que estuve en
poco de caer de mi estado, no tanto de hambre como
por conocer de todo en todo la fortuna serme adversa.
Allí se me representaron de nuevo mis fatigas, y torné á
llorar mis trabajos; allí se me vino á la memoria la con-

sideracion que hacía cuando me pensaba ir del clérigo,
diciendo que aunque aquel era desventurado y mísero,
por ventura toparia con otro peor; finalmente, allí lloré
mi trabajosa vida pasada y mi cercaua muerte venidera,
y con todo, disimulando lo mejor que pude, le dije :

— Señor, mozo soy, que no me fatigo mucho por
comer, bendito Dios : deso me podré yo alabar entre
todos mis iguales por de mejor garganta, y así fuí yo
loado della hasta hoy dia de los amos que yo he tenido.

— Virtud es esa, dijo él, y por eso te querré yo más ;
porque el hartarse es de los puercos, y el comer regla-
damente es de los hombres de bien.

Bien te he entendido, dije entre mí, maldita sea tanta
medicina y bondad como aquestos mis amos, que yo
hallo, hallan en la hambre. Púseme á un cabo del portal, y saqué unos pedazos de pan del seno, que me habian quedado de los de por Dios.

Él, que vió esto, díjome :

— Ven acá, mozo, ¿qué comes?

Yo lleguéme á él, y mostréle el pan; tomóme él un
pedazo de tres que eran, el mejor y más grande, y
díjome :

— Por mi vida, que parece este buen pan.

— ¿Y cómo agora, dije yo, señor, es bueno?

— Y á fe, dijo él : ¿adónde le hubiste, si es amasado
de manos limpias?

— No sé yo eso, le dije, mas á mí no me pone asco el
sabor dello.

— Así plega á Dios, dijo el pobre de mi amo, y lle-
vándolo á la boca comenzó á dar en él tan fieros bocados
como yo en el otro. Sabrosísimo pan está, dijo, por
Dios.

Y como le sentí de qué pié cojeaba, díme priesa,
porque le ví en disposicion, si acababa ántes que yo, se
comediria á ayudarme á lo que me quedase, y con esto

acabamos casi á una. Comenzó á sacudir con las manos
unas pocas de migajas y bien menudas, que en los pechos se le habian quedado, y entró en una camareta que
allí estaba, y sacó un jarro desbocado y no muy nuevo,
y desque hubo bebido, convidóme con él. Yo, por hacer
del continente, dije :

— Señor, no bebo vino.

— Agua es, me respondió, bien puedes beber.

Entónces tomé el jarro y bebí, nó mucho, porque de
sed no era mi congoja. Así estuvimos hasta la noche,
hablando en cosas que me preguntaba, á las cuales yo
le respondí lo que mejor supe. En este tiempo metióme
en la cámara donde estaba el jarro de que bebimos, y
díjome :

— Mozo, pásate allí, y verás cómo hacemos esta cama,
para que la sepas hacer de aquí adelante.

Púseme de un cabo y él del otro, y hicimos la negra
cama, en la cual no habia mucho que hacer, porque
ella tenía sobre unos bancos un cañizo, sobre el cual
estaba tendida la ropa encima de un negro colchon,
que por no estar muy continuado á lavarse, no parecia
colchon, aunque servia dél, con harta ménos lana que
era menester : aquel tendimos, haciendo cuenta de
ablandalle, lo cual era imposible, porque de lo duro
mal se puede hacer blando. El diablo del enjalma maldita la cosa tenía dentro de sí, que puesto sobre el cañizo
todas las cañas se señalaban, y parecian á lo propio
entrecuesto de flaquísimo puerco ; y sobre aquel hambriento colchon un alfamar del mesmo jaez, del cual el
color yo no pude alcanzar. Hecha la cama, y la noche
venida, díjome :

— Lázaro, ya es tarde, y de aquí á la plaza hay gran
trecho ; tambien en esta ciudad andan muchos ladrones,
que siendo de noche capean ; pasemos como podamos,
y mañana, viniendo el dia, Dios hará merced ; porque

yo por estar solo no estoy proveido; ántes he comido estos dias por allá fuera, mas ahora hacello hemos de otra manera.

— Señor, de mí, dije yo, ninguna pena tenga vuestra merced, que bien sé pasar una noche, y aun más, si es menester, sin comer.

— Vivirás más sano, me respondió, porque, como decíamos hoy, no hay tal cosa en el mundo para vivir mucho como comer poco.

Si por esta via es, dije entre mí, nunca yo moriré, que siempre he guardado esta regla por fuerza, y aun espero en mi desdicha tenella toda mi vida. Y acostóse en la cama, poniendo por cabecera las calzas y el jubon, y mandóme echar á sus piés, lo cual yo hice; mas maldito el sueño que yo dormí, porque las cañas y mis salidos huesos en toda la noche dejaron de rifar y encenderse, que con mis trabajos, males y hambre, pienso que en mi cuerpo no habia libra de carne. Y tambien, como aquel dia no habia comido casi nada, rabiaba de hambre, la cual con el sueño no tenía amistad; maldíjeme mil veces, Dios me lo perdone, y á mi ruin fortuna. Allí lo más de la noche y lo peor, no osándome revolver por no despertalle, pedia á Dios muchas veces la muerte.

La mañana venida, levantámonos, y comienza á limpiar y sacudir sus calzas y jubon, sayo y capa, y yo que le servia de pelillo, y vísteseme muy á su placer de espacio; echéle agua manos, peinóse y puso su espada en el talabarte, y al tiempo que la ponia, díjome:

— ¡Oh si supieses, mozo, qué pieza es esta! No hay marco de oro en el mundo por que yo la diese; mas así, ninguna de cuantas Antonio hizo, no acertó á ponerle los aceros tan prestos como esta los tiene; y sacóla de la vaina, y tentola con los dedos, diciendo: vesla aquí, yo me obligo con ella cercenar un copo de lana. Y yo dije

entre mí : y yo con mis dientes, aunque no son de acero,
un pan de cuatro libras. Tornóla á meter, y ciñósela, y
un sartal de cuentas gruesas del talabarte, y con un paso
sosegado y el cuerpo derecho, haciendo con él y con la
cabeza muy gentiles meneos, echando el cabo de la capa
sobre el hombro, y á veces sobre el brazo, y poniendo la
mano derecha en el costado, salió por la puerta, diciendo :

— Lázaro, mira por la casa en tanto que voy á oir
misa, y haz la cama, y ve por la vasija de agua al rio,
que aquí abajo está, y cierra la puerta con llave no nos
hurten algo, y pónla aquí al quicio, porque si yo viniere
en tanto pueda entrar.

Y súbese por la calle arriba con tan gentil semblante
y continente, que quien no le conociera pensara ser muy
cercano pariente al conde de Arcos, ó á lo ménos cama-
rero que le daba de vestir.

Bendito seáis vos, Señor, quedé yo diciendo, que dáis
la enfermedad, y ponéis el remedio. ¿Quién encontrará
á aquel mi señor, que no piense, segun el contento de sí
lleva, haber anoche bien cenado y dormido en buena
cama, y aunque ahora es de mañana, no le cuenten por
bien almorzado? Grandes secretos son, Señor, los que
vos hacéis, y las gentes ignoran. ¿A quién no engañará
aquella buena disposicion y razonable capa y sayo? ¿Y
quién pensará que aquel gentil hombre se pasó ayer
todo el dia con aquel mendrugo de pan, que su criado
Lázaro trajo un dia y una noche en el arca de su seno,
do no se le podia pegar mucha limpieza? ¿Y hoy laván-
dose las manos y cara, á falta de paño de manos, se
hacía servir del halda del sayo? Nadie por cierto lo sos-
pechará. ¡Oh, Señor, y cuántos de aquestos debéis tener
por el mundo derramados, que padecen, por la negra
que llaman honra, lo que por vos no sufririan! Así
estaba yo á la puerta mirando y considerando estas co-

sas, hasta que el señor mi amo traspuso la larga y
angosta calle. Tornéme á entrar en casa, y en un credo
la anduve toda alto y bajo, sin hacer represa, ni hallar
en qué. Hago la negra y dura cama, y tomo el jarro, y
doy conmigo en el rio, donde en una huerta ví á mi amo
en gran recuesta con dos rebozadas mujeres, al parecer,
de las que en aquel lugar no hacen falta, ántes muchas
tienen por estilo de irse á las mañanicas del verano á
refrescar y almorzar sin llevar qué por aquellas frescas
riberas, con confianza que no ha de faltar quien se lo dé
segun las tienen puestas en esta costumbre aquellos hi-
dalgos del lugar. Y como digo, él estaba en ellas hecho
un Macías, diciéndoles más dulzuras que Ovidio escribió.
Pero como sintieron dél que estaba bien enternecido, no
se les hizo de vergüenza pedirle de almorzar con el
acostumbrado pago. Él, sintiéndose tan frio de bolsa,
cuanto caliente del estómago, tomóle tal colofrío, que le
robó la color del gesto, y comenzó á turbarse en la plá-
tica, y á poner excusas no válidas. Ellas, que debian ser
bien instituidas, como le sintieron la enfermedad, dejá-
ronle para el que era.

Yo, que estaba comiendo ciertos tronchos de berzas, con
las cuales me desayuné, con mucha diligencia como mozo
nuevo, sin ser visto de mi amo torné á casa, de la cual
pensé barrer alguna parte, que bien era menester, mas no
hallé con qué : púseme á pensar qué haria, y parecióme
esperar á mi amo hasta que el dia demediase, y viniese.
y por ventura trajese algo que comiésemos ; mas en vano
fué mi esperanza ; desde que ví ser las dos y que no venía
y que la hambre me aquejaba, cierro mi puerta y pongo
la llave donde mandó, y tórnome á mi menester ; con
baja y enferma voz y inclinadas mis manos en los senos, y puesto Dios ánte mis ojos, y la lengua en su nombre, comienzo á pedir pan por las puertas y casas más
grandes que me parecia ; mas como yo este oficio le hu-

biese mamado en la leche, quiero decir, con el gran
maestro el ciego lo aprendí, tan suficiente discípulo salí,
que aunque en este pueblo no hubiese caridad, ni el año
fuese muy abundante, tan buena maña me dí, que ántes
que el reloj diese las cuatro, ya yo tenía otras tantas
libras de pan ensiladas en el cuerpo, y más de otras dos
en las mangas y senos. Volvíme á la posada, y al pasar
por la tripería, pedí á una de aquellas mujeres, y dióme
un pedazo de uña de vaca con otras pocas de tripas
cocidas.

Cuando llegué á casa, ya el bueno de mi amo estaba
en ella, doblada su capa y puesta en el poyo, y él pa-
seándose por el patio. Como entré, vínose para mí; pensé
que me quería reñir la tardanza, mas mejor lo hizo Dios.
Preguntóme de dónde venía. Yo le dije :

— Señor, hasta que dió las dos estuve aquí, y de que
ví que vuestra merced no venía, fuíme por esa ciudad á
encomendarme á las buenas gentes, y hánme dado esto
que véis : mostréle el pan y las tripas que en un cabo de
la halda traia, á lo cual él mostró buen semblante, y
dijo :

— Pues esperádote he á comer, y de que ví que no
veniste, comí. Mas tú haces como hombre de bien en
eso, que más vale pedillo por Dios que no hurtallo. Y así
él me ayude como ello me parece bien, y solamente te
encomiendo no sepan que vives conmigo, por lo que
toca á mi honra, aunque bien creo que será secreto segun
lo poco que en este pueblo soy conocido : nunca á él yo
hubiera de venir.

— Deso pierda, señor, cuidado, le dije yo, que maldito aquel que ninguno tiene de pedirme esta cuenta ni
yo de dalla.

— Ahora pues come, pecador, que si á Dios place,
presto nos verémos sin necesidad, aunque te digo que
despues que en esta casa entré, nunca bien me ha ido.

— Debe ser de mal suelo, que hay casas desdichadas, y de mal pié, que á los que viven en ellas pegan la desdicha.

— Esta debe ser sin duda una dellas, mas yo te prometo, acabado el mes, no quede en ella aunque me la dén por mia.

Sentéme al cabo del poyo, y porque no me tuviese por gloton, callé la merienda, y comienzo á cenar y morder en mis tripas y pan, y disimuladamente miraba al desventurado señor mio, que no partia sus ojos de mis haldas, que á aquella sazon servian de plato. Tanta lástima haya Dios de mí como yo habia dél, porque sentí lo que sentia, y muchas veces habia por ello pasado y pasaba cada dia. Pensaba si sería bien comedirme á convidalle; mas por me haber dicho que habia comido, temíame no aceptaria el convite. Finalmente, yo deseaba que el pecador ayudase á su trabajo del mio, y se desayunase como el dia ántes hizo, pues habia mejor aparejo, por ser mejor la vianda y ménos mi hambre. Quiso Dios cumplir mi deseo, y aun pienso que el suyo, porque como comencé á comer, él se andaba paseando, y llegóse ã mí, y díjome :

— Dígote, Lázaro, que tienes en comer la mejor gracia que en mi vida ví á hombre, y que nadie te lo ve hacer que no le pongas gana aunque no la tenga.

La muy buena que tú tienes, dije yo entre mí, te hace parecer la mia hermosa. Con todo, parecióme ayudarle, pues se ayudaba, y me abria camino para ello, y díjele :

— Señor, el buen aparejo hace buen artífice ; este pan está sabrosísimo, y esta uña de vaca tan bien cocida y sazonada, que no habrá á quien no convide con su sabor.

¿ Uña de vaca es?

— Sí, señor.

— Dígote que es el mejor bocado del mundo, y que no hay faisan que así me sepa.

— Pues pruebe, señor, y verá qué tal está.

Pongóle en las uñas la otra, y tres ó cuatro raciones de pan de los más blancos; asentóseme al lado, y comienza á comer, como aquel que lo habia gana, royendo cada huesecillo de aquellos mejor que un galgo suyo lo hiciera.

— Con almodrote, decia, es este singular manjar.

— Con mejor salsa lo comes tú, respondí yo paso.

— Por Dios, que me ha sabido como si no hubiera hoy comido bocado.

— Así me vengan los buenos años como es ello, dije yo entre mí.

Pidióme el jarro del agua, y díselo como lo habia traido; señal, que pues no le faltaba el agua, no le habia sobrado á mi amo la comida.

Bebimos, y muy contentos nos fuimos á dormir como la noche pasada; y por evitar prolijidad, desta manera estuvimos ocho ó diez dias, yéndose el pecador en la mañana con aquel continente y paso contado á papar aire por las calles, teniendo en el pobre Lázaro una cabeza de lobo. Contemplaba yo muchas veces mi desastre, que escapando de los amos ruines que habia tenido, y buscando mejoría, viniese á topar con quien no solo no me mantuviese, mas á quien yo habia de mantener. Con todo, lo queria bien, con ver que no tenía ni podia más, y ántes le habia lástima que enemistad, y muchas veces, por llevar á la posada con que él lo pasase, yo lo pasaba mal; porque una mañana, levantándose el triste en camisa, subió á lo alto de la casa á hacer sus menesteres, y en tanto yo por salir de sospecha, desenvolví el jubon y las calzas que á la cabecera dejó, y hallé una bolsilla de terciopelo raso hecha cien dobleces, y sin maldita la blanca ni señal que la hubiese tenido en mucho tiempo. Este, decia yo, es pobre, y nadie da lo que no tiene ; mas el avariento ciego y el mal aventurado mezquino clérigo, que con dárselo Dios á ambos, al uno de mano besada y al otro de lengua suelta, me mataban de hambre; aquellos es justo desamar, y aqueste es de haber mancilla. Dios es testigo que hoy dia, cuando topo con alguno de su hábito con aquel paso y pompa, le he lástima con pensar si padesce lo que aquel le ví sufrir, al cual con toda su pobreza holgaria servir más que á los otros por lo que he dicho. Solo tenía dél un poco de descontento : que quisiera yo que no tuviera tanta presuncion, mas que abajara un poco su fantasía con lo mucho que subia su necesidad ; mas, segun me parece, es regla ya entre ellos usada y guardada, aunque no haya cornado de trueco, ha de andar el birrete en su lugar. El Señor lo remedie, que ya con este mal han de morir.

Pues estando yo en tal estado pasando la vida que digo, quiso mi mala fortuna, que de perseguirme no era satisfecha, que en aquella trabajada y vergonzosa vivienda no durase. Y fué, como el año en esta tierra fuese estéril de pan, acordaron en ayuntamiento que todos los pobres extranjeros se fuesen de la ciudad, con pregon, que el que de allí adelante topasen fuese punido con azotes. Y así, ejecutando la ley desde á cuatro dias que el pregon se dió, ví llevar una procesion de pobres azotando por las cuatro calles, lo cual me puso tan gran espanto, que nunca osé desmandarme á demandar. Aquí viera, quien verlo pudiera, la abstinencia de mi casa y la tristeza y silencio de los moradores della, tanto que nos acaesció estar dos ó tres dias sin comer bocado ni hablar palabra. A mí diéronme la vida unas mujercillas hilanderas de algodon, que hacian botones y vivian par de nosotros, con las cuales yo tuve vecindad y conocimiento, que de la laceria que les traian me daban algu-

na cosilla, con la cual muy pasado me pasaba, y yo no
tenía tanta lástima de mí como del lastimado de mi amo,
que en ocho dias maldito el bocado que comió, á lo ménos en casa bien lo estuvimos sin comer; no sé yo cómo
ó dónde andaba y qué comia. Y verle venir á medio dia
la calle abajo con estirado cuerpo, más largo que galgo
de buena casta, y pór lo que tocaba á su negra, que
dicen honra, tomaba una paja de las que aun asaz no habia
en casa, y salia á la puerta escarvando los que nada entre sí tenian, quejándose todavía de aquel mal solar,
diciendo :

— Malo está de ver que la desdicha desta vivienda lo
hace ; como ves, es lóbrega, triste, oscura : miéntras
aquí estuviéremos hemos de padecer; ya deseo se acabe
este mes por salir della.

Pues estando en esta afligida y hambrienta persecucion, un dia, no sé por cuál dicha ó ventura, en el pobre
poder de mi amo entró un real, con el cual vino á casa
tan ufano como si tuviera el tesoro de Venecia, y con
rostro muy alegre y risueño me lo dió, diciendo :

— Toma, Lázaro, que ya Dios va abriendo su mano ;
ve á la plaza y merca pan, víno y carne, quebremos el
ojo al diablo ; y más te hago saber, porque te huelgues,
que he alquilado otra casa, y en esta desastrada no
hemos de estar más de en cumpliendo el mes, maldita
sea ella, y el que en ella puso la primera teja, que con
mal en ella entré. Por nuestro Señor, cuanto ha que en
ella vivo, gota de víno ni bocado de carne no he comido,
ni he habido descanso ninguno ; mas tal vista tiene y tal
oscuridad y tristeza ; ve, y ven presto y comamos hoy
como condes.

Tomo mi real y el jarro, y á los piés dando priesa,
comienzo á subir mi calle, encaminando mis pasos para
la plaza muy contento y alegre. Mas ¿ qué me aprovecha
si está constituido en mi triste fortuna que ningun gozo

me venga sin zozobra? Y así fué este; porque yendo la
calle arriba, echando mi cuenta en lo que emplearia mi
real, que fuese mejor y más provechosamente gastado,
dando infinitas gracias á Dios, que á mi amo habia hecho
con dinero, á deshora me vino al encuentro un muerto,
que por la calle abajo muchos clérigos y gente en unas
andas traian; arriméme á la pared por darles lugar, y
desque el cuerpo pasó venía luego par del lecho una
que debia ser su mujer del difunto, cargada de luto, y
con ella otras muchas mujeres, la cual iba llorando á
grandes voces, y diciendo:

— Marido y señor mio, ¿ adónde os me llevan? ¿ A la
casa triste y desdichada? ¿ á la casa lóbrega y oscura?
¿á la casa donde nunca comen ni beben?

Yo que aquello oí, juntóseme el cielo con la tierra, y
dije: ó desdichado de mí, para mi casa llevan este
muerto; dejo el camino que llevaba, y hendí por medio
de la gente, y vuelvo por la calle abajo á todo el más
correr que pude para mi casa, y entrando en ella cierro
á grande priesa, invocando el auxilio y favor de mi amo,
abrazándome dél, que me venga á ayudar y á defender
la entrada. El cual algo alterado, pensando que fuese
otra cosa, me dijo:

— ¿ Qué es eso, mozo? ¿ qué voces das? ¿ qué has?
¿porqué cierras la puerta con tal furia?

— O señor, dije yo, acuda aquí, que nos traen un
muerto.

— ¿ Cómo así? respondió él.

— Aquí arriba lo encontré, y venía diciendo su mujer:
Marido y señor mio, ¿ adónde os llevan? ¿ á la casa
lóbrega y oscura? ¿ á la casa triste y desdichada? ¿ á la
casa donde nunca comen ni beben? Acá, señor, nos le
traen.

Y ciertamente cuando mi amo esto oyó, aunque no
tenia por que estar muy risueño, rió tanto que muy gran

rato estuvo sin poder hablar. En este tiempo tenia ya yo
echada el aldaba á la puerta y puesto el hombro en ella
por más defensa. Pasó la gente con su muerto, y yo
todavía me recelaba que nos le habian de meter en casa;
y desque fué ya más harto de reir que de comer el bueno de mi amo, díjome :

— Verdad es, Lázaro, segun la viuda lo va diciendo,
tú tuviste razon en pensar lo que pensaste ; mas, pues
Dios lo ha hecho mejor, y pasan adelante, abre, abre, y
ve por de comer.

— Déjelos, señor, acaben de pasar la calle, dije yo.

Al fin vino mi amo á la puerta de la calle, y ábrela
esforzándome, que bien era menester segun el miedo y
alteracion, y tórnome á encaminar. Mas aunque comimos bien aquel día, maldito el gusto yo tomaba en ello,
ni en aquellos tres dias torné en mi color, y mi amo
muy risueño todas las veces que se le acordaba aquella
mi consideracion.

Desta manera estuve con mi tercero y pobre amo, que
fué este escudero, algunos dias, y en todos deseando
saber la intencion de su venida y estada en esta tierra ;
porque desde el primer dia que con él asenté, le conocí
ser extranjero, por el poco conocimiento y trato que
con los naturales della tenía. Al fin se cumplió mi deseo,
y supe lo que deseaba ; porque un dia que habíamos
comido razonablemente, y estaba algo contento, me
contó su hacienda, y díjome ser de Castilla la Vieja, y
que habia dejado su tierra no mas de por no quitar el
bonete á un caballero su vecino.

— Señor, dije yo, si él era lo que decís, y tenía más
que vos, no errábades en quitárselo primero, pues decís
que él tambien os lo quitaba.

— Sí es, y sí tiene, y tambien me lo quitaba él á mí,
mas de cuantas veces yo se lo quitaba primero, no fuera
malo comedirse él alguna, y ganarme por la mano.

— Parésceme, señor, le dije yo, que en eso no mirara, mayormente con mis mayores que yo, y que tienen más.

— Eres mochacho, me respondió, y no sientes las cosas de la honra, en que el dia de hoy está todo el caudal de los hombres de bien ; pues hágote saber que yo soy (como ves) un escudero ; mas vótote á Dios, si al conde topo en la calle, y no me quita muy bien quitado del todo el bonete, que otra vez que venga, me sepa yo entrar en una casa, fingiendo yo en ella algun negocio ó atravesar otra calle si la hay, ántes que llegue á mí, por no quitárselo, que un hidalgo no debe á otro que á Dios y al rey nada, ni es justo, siendo hombre de bien, se descuide un punto de tener en mucho su persona. Acuérdome, que un dia deshonré en mi tierra á un oficial, y quise poner en él las manos, porque cada vez que me topaba me decia : Mantenga Dios á vuestra merced. Vos, don villano ruin, le dije yo, ¿ por qué no sois bien criado ? Manténgaos Dios, me habéis de decir, como si fuese quien quiera. De allí adelante, de aquí acullá me quitaba el bonete, y hablaba como debia.

— ¿ Y no es buena manera de saludar un hombre á otro, dije yo, decirle que le mantenga Dios ?

— Mira, mucho de enhoramala, dijo él, á los hombres de poco arte dicen eso, mas á los más altos como yo, no les han de hablar menos de : beso las manos de vuestra merced, ó por lo ménos, bésoos, señor, las manos, si el que me habla es caballero. Y así, aquel de mi tierra, que me atestaba de mantenimiento, nunca más le quise sufrir. Ni sufriria, ni sufriré á hombre del mundo, del rey abajo que, manténgaos Dios, me diga.

— Pecador de mí, dije yo, por eso tiene tan poco cuidado de mantenerte, pues no sufres que nadie se lo ruegue.

— Mayormente, dijo, que no soy tan pobre, que no

tenga en mi tierra un solar de casas, que á estar ellas en
pié y bien labradas, diez y seis leguas de donde nací, en
aquella costanilla de Valladolid, valdrian más de doscientos mil maravedís, segun se podrian hacer grandes
y buenas ; y tengo un palomar, que á no estar derribado
como está, daria cada año más de doscientos palominos,
y otras cosas que me callo, que dejé por lo que tocaba á
mi honra ; y vine á esta ciudad pensando que hallaria
un buen asiento, mas no me ha sucedido como pensé.

Canónigos y señores de la iglesia muchos hallo ; mas es
gente tan limitada, que no lo sacará de su paso todo el
mundo. Caballeros de media talla tambien me ruegan ;
mas servir á estos es gran trabajo, porque de hombre os
habéis de convertir en malilla, y si no, andad con Dios,
os dicen, y las más veces son los pagamentos á largos
plazos, y las más ciertas, comido por servido ; ya cuando
quieren formar conciencia, y satisfaceros vuestros sudo-
res, sois librado en la récamara, en un sudado jubon, ó
raida capa ó sayo. Ya cuando asienta hombre con un señor
de título, todavia pasa su laceria, pues por ventura no hay
en mí habilidad para servir y contentar á estos. Por Dios,
si con él topase, muy gran su privado pienso que fuese,
y que mil servicios le hiciese porque sabria mentille tan
bien como otro, y agradalle á las mil maravillas ; reille
ya mucho sus donaires y costumbres, aunque no fuesen
las mejores del mundo ; nunca decille cosa con que le
pesase, aunque mucho le cumpliese ; ser muy diligente
en su persona en dicho y hecho ; no me matar por no
hacer bien las cosas que él no habia de ver, y ponerme
á reñir donde él lo oyese con la gente de servicio, porque paresciese tener gran cuidado de lo que á él tocaba :
si riñese con algun su criado, dar unos puntillos agudos
para le encender la ira, y que paresciesen en favor del
culpado ; decille bien de lo que bien le estuviese ; y por
el contrario, ser malicioso, mofador, malsinar á los de

casa y á los de fuera, pesquisar y procurar de saber
vidas ajenas para contárselas, y otras muchas galas de
esta calidad, que hoy dia se usan en palacio, y á los
señores dél parescen bien, y no quieren ver en sus casas
hombres virtuosos, ántes los aborrecen y tienen en poco
y llaman nescios, y que no son personas de negocios, ni
con quien el señor se puede descuidar, y con estos, los
astutos usan, como digo, el dia de hoy, de lo que yo
usaria. Mas no quiere mi ventura que le halle.

Desta manera lamentaba tambien su adversa fortuna mi amo, dándome relacion de su persona vale-
rosa.

Pues estando en esto, entró por la puerta un hombre
y una vieja : el hombre le pide el alquiler de la casa, y
la vieja el de la cama ; hacen cuenta, y de dos meses le
alcanzaron lo que él en un año no alcanzara ; pienso
que fuéron doce ó trece reales ; y él les dió muy buena
respuesta, que saldria á la plaza á trocar una pieza de á
dos, y que á la tarde volviesen ; mas su salida fué sin
vuelta. Por manera, que á la tarde ellos volvieron, mas
fué tarde ; yo les dije que aun no era venido. Venida la
noche, y él nó, yo hube miedo de quedar en casa solo, y
fuíme á las vecinas, y contélas el caso, y allí dormí.
Venida la mañana, los acreedores vuelven y preguntan
por el vecino, mas á esotra puerta. Las mujeres le res-
ponden :

— Véis aquí su mozo y la llave de la puerta.

Ellos me preguntaron por él, y díjeles que no sabía
adónde estaba, y que tampoco habia vuelto á casa desde
que salió á trocar la pieza, y pensaba que de mí y dellos
se habia ido con el trueco. De que esto me oyeron, van
por un alguacil y un escribano, y hélos do vuelven luego
con ellos y toman la llave, llámanme y llaman testigos,
y abren la puerta y entran á embargar la hacienda de
mi amo hasta ser pagados de su deuda. Anduvieron toda

la casa, y halláronla desembarazada, como he contado, y dícenme :

— ¿ Qué es de la hacienda de tu amo, sus arcas y paños de pared y alhajas de casa ?

— No sé yo eso, les respondí.

— Sin duda, dicen ellos, esta noche lo deben de haber alzado y llevado á alguna parte. Señor alguacil, prended á este mozo, que él sabe adónde está.

En esto vino el alguacil, y echóme mano por el collar del jubon, diciendo :

— Mochacho, tú eres preso, si no descubres los bienes deste tu amo.

Yo como en otra tal no me hubiese visto, porque asido del collar habia sido muchas veces, mas era mansamente dél trabado, para que mostrase el camino al que no veia, yo hube mucho miedo, y llorando prometí de decir lo que me preguntaban.

— Bien está, dicen ellos, pues dí lo que sabes, y no hayas temor.

Sentóse el escribano en un poyo para escribir el inventario, preguntándome ¿ qué tenía ?

— Señores, dije yo, lo que este mi amo tiene, segun él me dijo, es un muy buen solar de casas y un palomar derribado.

— Bien está, dicen ellos, por poco que eso valga hay para nos entregar de la deuda. ¿ Y á qué parte de la ciudad tiene eso ? me preguntaron.

— En su tierra, les respondí yo.

— Por Dios, que está bueno el negocio, dijeron ellos. ¿ Y adónde es su tierra ?

— De Castilla la Vieja, me dijo él que era, les dije.

Riéronse mucho el alguacil y el escribano, diciendo :

— Bastante relacion es esta para cobrar vuestra deuda, aunque fuese mejor.

Las vecinas que estaban presentes, dijeron :

— Señores, este es un niño inocente, y há pocos dias que está con este escudero, y no sabe dél más que vuestras mercedes, sino cuanto el pecadorcillo se llega aquí á nuestra casa, y le damos de comer lo que podemos por amor de Dios, y á las noches se iba á dormir con él.

Vista mi inocencia, dejáronme, dándome por libre. Y el alguacil y escribano piden al hombre y á la mujer sus derechos, sobre lo cual tuvieron gran contienda y ruido : porque ellos alegaron no ser obligados á pagar, pues no habia de qué, ni se hacía el embargo. Los otros decian que habian dejado de ir á otro negocio que les importaba más por venir á aquel. Finalmente, despues de dadas muchas voces, al cabo carga un porqueron con el viejo alfamar de la vieja, y aunque no iba muy cargado, allá van todos cinco dando voces ; no sé en qué paró. Creo yo que el pecador alfamar pagara por todos, y bien se empleaba ; pues el tiempo que habia de reposar y descansar de los trabajos pasados se andaba alquilando. Así como he contado me dejó mi pobre tercero amo, do acabé de conocer mi ruin dicha ; pues, señalándose todo lo que podia contra mí, hacía mis negocios tan al reves, que los amos que suelen ser dejados de los mozos, en mí no fuese así, mas que mi amo me dejase y huyese de mí.

TRATADO IV.

Cómo Lázaro se asentó con un fraile de la Merced, y de lo que acaesció con él.

Hube de buscar el cuarto, y este fué un fraile de la Merced, que las mujercillas que digo me encaminaron ;

al cual ellas le llamaban pariente, gran enemigo del
coro y de comer en el convento, perdido por andar fuera, amicísimo de negocios seglares y visitas, tanto que
pienso que rompia él más zapatos que todo el convento.
Este me dió los primeros zapatos que rompí en mi vida,
mas no me duraron ocho dias, ni yo pude con su trote
durar más. Y por esto, y por otras cosillas que no digo,
salí dél.

TRATADO V.

Cómo Lázaro se asentó con un buldero, y de las cosas que con él paso.

En el quinto por mi ventura dí, que fué un buldero el
más desenvuelto y desvergonzado, y el mayor echador
dellas que jamás yo ví, ni ver espero, ni pienso nadie
vió : porque tenía y buscaba modos y maneras y muy
sutiles invenciones. En entrando en los lugares do habia
de presentar la bulla, primero presentaba á los clérigos
ó curas algunas cosillas, no tampoco de mucho valor ni
substancia : una lechuga murciana, si era por el tiempo,
un par de limas ó naranjas, un melocoton, un par de
duraznos, cada sendas peras verdiñales. Así procuraba
tenerlos propicios, porque favoreciesen su negocio y
llamasen sus feligreses á tomar la bulla, ofreciéndosele
á él las gracias; informábase de la suficiencia dellos : si
decian que entendian, no hablaba palabra en latin por
no dar tropezon ; mas aprovechábase de un gentil y bien
cortado romance y desenvoltísima lengua. Y si sabía que
los dichos clérigos eran de los reverendos, digo que más
con dinero que con letras y con reverendas se ordenan,

hacíase entre ellos un santo Tomas, y hablaba dos horas
en latin, á lo ménos que lo parecia, aunque no lo era.
Cuando por bien no le tomaban las bullas, buscaba cómo
por mal se las tomasen, y para aquello hacía molestias
al pueblo. Y otras veces con mañosos artificios, y porque
todos los que le veia hacer sería largo de contar, diré
uno muy sutil y donoso, con el cual probaré bien su suficiencia.

En un lugar de la Sagra de Toledo habia predicado
dos ó tres dias haciendo sus acostumbradas diligencias,
y no le habian tomado bulla, ni á mi ver tenian intencion
de se la tomar. Estaba dado al diablo con aquello, y
pensando qué hacer, se acordó de convidar al pueblo
para otro dia de mañana despedir la bulla. Y esa noche,
despues de cenar, pusiéronse á jugar la colacion él y el
alguacil, y sobre el juego vinieron á reñir y á haber
malas palabras. El llamó al alguacil ladron, y el otro á
él falsario; sobre esto el señor comisario, mi señor,
tomó un lanzon, que en el portal do jugaban estaba. El
alguacil puso mano á su espada que en la cinta tenía:
al ruido y voces que todos dimos, acuden los huéspedes
y vecinos, y métense en medio, y ellos muy enojados
procurándose desembarazar de los que en medio estaban, para se matar; mas como la gente al gran ruido
cargase, y la casa estuviese llena della, viendo que no
podian afrentarse con las armas, decíanse palabras inju-
riosas, entre las cuales el alguacil dijo á mi amo que
era falsario, y las bullas que predicaba eran falsas;
finalmente, que los del pueblo, viendo que no bastaban
ponellos en paz, acordaron de llevar al alguacil de la
posada á otra parte. Y así quedó mi amo muy enojado,
y despues que los huéspedes y vecinos le hubieron rogado
que perdiese el enojo y se fuese á dormir, asi nos echa-
mos todos.

La mañana venida, mi amo se fué á la iglesia, y man-

dó tañer á misa y al sermon para despedir la bulla. Y el
pueblo se juntó, el cual andaba murmurando de las
bullas diciendo, como eran falsas, y que el mismo alguacil riñendo lo habia descubierto. De manera que atras
que tenian mala gana de tomalla, con aquello del todo
la aborrecieron. El señor comisario se subió al púlpito y
comienza su sermon, y á animar la gente á que no que-
dasen sin tanto bien y indulgencia como la santa bulla
traia. Estando en lo mejor del sermon, entra por la puerta de la iglesia el alguacil, y desque hizo oracion, levantóse, y con voz alta y pausada, cuerdamente comenzó á decir.

— Buenos hombres, oidme una palabra, que despues
oiréis á quien quisiéredes. Yo vine aquí con este echa-
cuervo que os predica, el cual me engañó, y dijo que le
favoresciese en este negocio, y que partiríamos la ganancia, y agora visto el daño que haria á mi conciencia y á
vuestras haciendas, arrepentido de lo hecho, os declaro
claramente que las bullas que predica son falsas, y que
no le creáis ni las toméis, y que yo directe ni indirecte
no soy parte en ellas, y que desde agora dejo la vara y
doy con ella en el suelo; y si en algun tiempo este fuere
castigado por la falsedad, que vosotros me seáis testigos,
como yo no soy con él, ni le doy á ello ayuda, ántes os
desengaño y declaro su maldad.

Y acabó su razonamiento. Algunos hombres honrados
que allí estaban se quisieron levantar y echar al alguacil fuera de la iglesia por evitar escándalo; mas mi amo
fué á la mano y mandó á todos que so pena de excomu-
nion no le estorbasen, mas que le dejasen decir todo lo
que quisiese; y así él tambien tuvo silencio mientras el
alguacil dijo todo lo que he dicho; como calló, mi amo
le preguntó que si queria decir más que lo dijese. El
alguacil dijo:

— Harto más hay que decir de vos y de vuestra falsedad; mas por agora basta.

El señor comisario se hincó de rodillas en el púlpito, y puestas las manos, y mirando al cielo, dijo así :

— Señor Dios, á quien ninguna cosa es escondida, antes todas manifiestas, y á quien nada es imposible, ántes todo posible, tú sabes la verdad, y cuán injustamente yo soy afrentado; en lo que á mí toca, yo le perdono, porque tú, Señor, me perdones; no mires aquel que no sabe lo que hace ni dice; mas la injuria á tí hecha, te suplico, y por justicia te pido, no disimules, porque alguno que está aquí, que tal vez pensó tomar aquesta santa bulla, dando crédito á las falsas palabras de aquel hombre lo dejará de hacer; y pues es tanto perjuicio del prójimo, te suplico yo, Señor, no lo disimules, mas luego muestra aquí milagro, y sea desta manera; que si es verdad lo que aquel dice, y que yo traigo maldad y falsedad, este púlpito se hunda conmigo, y meta siete estados debajo de tierra, do él ni yo jamás parezcamos. Y si es verdad lo que yo digo, y aquel, persuadido del domonio (por quitar y privar á los que están presentes de tan gran bien), dice maldad, tambien sea castigado, y de todos conocida su malicia.

Apénas habia acabado su oracion el devoto señor mio, cuando el negro alguacil cae de su estado, y da tan gran golpe en el suelo, que la iglesia toda hizo resonar, y comenzó á bramar y echar espumajos por la boca, y torcella, y hacer visajes con el gesto, dando de pié y de mano, revolviéndose por aquel suelo á una parte y á otra. El estruendo y voces de la gente era tan grande, que no se oian unos á otros, algunos estaban espantados y temerosos; unos decian : el Señor le socorra y valga, otros, bien se le emplea, pues levantaba tan falso testimonio. Finalmente, algunos que allí estaban, y á mi parecer no sin harto temor, se llegaron y trabaron de los brazos, con los cuales daba fuertes puñadas á los que cerca dél estaban; otros le tiraban por las piernas, y

tuvieron reciamente, porque no habia mula falsa en el
mundo que tan recias coces tirase. Y así le tuvieron un
gran rato, porque más de quince hombres estaban sobre
él, y á todos daba las manos llenas, y si se descuidaban
en los hocicos. A todo esto el señor mi amo estaba en el
púlpito de rodillas, las manos y los ojos puestos en el
cielo, trasportado en la divina esencia, que él planto y
ruido y voces que en la iglesia habia no eran parte para
apartalle de su divina contemplacion. Aquellos buenos
hombres llegaron á él, y dando voces le despertaron y
le suplicaron quisiese socorrer á aquel pobre que estaba
muriendo, y que no mirase á las cosas pasadas, ni á sus
dichos malos, pues ya dellos tenía el pago; mas si en
algo podia aprovechar para librarle del peligro y pasion
que padescia, por amor de Dios lo hiciese, pues ellos
veian clara la culpa del culpado, y la verdad y bondad
suya, pues á su peticion y venganza el Señor no alargó
el castigo. El señor comisario, como quien despierta de
un dulce sueño, los miró, y miró al delincuente y á
todos los que alrededor estaban, y muy pausadamente
les dijo :

— Buenos hombres, vosotros nunca habíades de rogar
por un hombre en quien Dios tan señaladamente se ha
señalado. Mas pues él nos manda que no volvamos mal
por mal y perdonemos las injurias, con confianza podré-
mos suplicarle que cumpla lo que nos manda, y su majestad perdone á este que le ofendió poniendo en su
santa fé obstáculo; vamos todos á suplicalle.

Y así bajó del púlpito y encomendó aquí muy devotamente suplicasen á nuestro Señor tuviese por bien de
perdonar á aquel pecador, y volverle en su salud y sano
juicio, y lanzar dél el demonio, si su majestad habia
permitido que por su gran pecado en él entrase.

Todos se hincaron de rodillas, y delante del altar con
los clérigos comenzaban á cantar con voz baja una leta-

nía, y viniendo él con la cruz y agua bendita, despues
de haber sobre él cantado, el señor mi amo, puestas las
manos al cielo, y los ojos que casi nada se le parecia
sinó un poco de blanco, comienza una oracion no ménos
larga que devota, con la cual hizo llorar á toda la gente
como suelen hacer en los sermones de pasion de predi-
cador y auditorio devoto, suplicando á nuestro Señor,
pues no queria la muerte del pecador, sinó su vida y
arrepentimiento, que aquel encaminado por el demonio y
persuadido de la muerte y pecado, le quisiese perdonar
y dar vida y salud, para que se arrepintiese y confesase
sus pecados; y esto hecho mandó traer la bulla, y púso-
sela en la cabeza, y luego el pecador del aguacil comenzó
poco á poco a estar mejor y á tornar en sí, y desque fué
bien vuelto en su acuerdo, echóse á los piés del señor
comisario, y demandándole perdon, confesó haber dicho
aquello por la boca y mandamiento del demonio, lo uno
por hacer á él daño y vengarse del enojo, lo otro y más
principal, porque el domonio recibia mucha pena del
bien que allí se hiciera en tomar la bulla. El señor mi
amo le perdonó, y fuéron hechas las amistades entre
ellos, y á tomar la bulla hubo tanta priesa, que casi
ánima viviente en el lugar no quedó sin ella, marido, y
mujer, y hijos, y hijas, mozos y mozas; divulgóse la
nueva de lo acaecido por los lugares comarcanos, y
cuando á ellos llegábamos no era menester sermon ni ir
á la iglesia, que á la posada la venian á tomar como si
fueran peras que se dieran de balde. De manera, que en
diez ó doce lugares de aquellos alrededores donde fuí-
mos, echó el señor mi amo tantas mil bullas sin predicar
sermon. Cuando se hizo el ensayo, confieso mi pecado,
que tambien fuí dello espantado, y creí que así era,
como otros muchos. Mas con ver despues la risa y burla
que mi amo y el alguacil llevaban y hacian del negocio,
conocí cómo habia sido industriado por el industrioso y

inventivo de mi amo, y aunque mochacho, cayóme mucho
en gracia, y dije entre mí : ¡Cuántas destas deben de
hacer estos burladores entre la inocente gente! Finalmente, estuve con este mi quinto amo cerca de cuatro
meses, en los cuales pasé tambien hartas fatigas.

TRATADO VI

Cómo Lázaro se asentó con un capellan, y lo que con él pasó.

Despues de esto asenté con un maestro de pintar pan-
deros para molelle las colores, y tambien sufrí mil
males. Siendo ya en este tiempo buen mozuelo, entrando
un dia en la iglesia mayor, un capellan della me recibió
por suyo, y púsome en poder un buen asno y cuatro
cántaros y un azote, y comencé á echar agua por la
ciudad. Este fué el primer escalon que yo subí para
venir á alcanzar buena vida; daba cada dia á mi amo
treinta maravedís ganados, y los sábados ganaba para
mí, y todo lo demás entre semana de treinta maravedís.
Fuéme tan bien el oficio, que al cabo de cuatro años
que lo usé, con poner en la ganancia buen recaudo,
ahorré para me vestir muy honradamente de la ropa
vieja, de la cual compré un jubon de fustan viejo, y un
sayo raido de manga trenzada y puerta, y una capa que
habia sido frisada, y una espada de las viejas primeras
de Cuéllar. Desque me ví en hábito de hombre de bien,
dije á mi amo que se tomase su asno, que no queria más
seguir aquel oficio.

TRATADO VII

Cómo Lázaro se asentó con un alguacil, y de lo que le acaesció
con él.

Despedido del capellan, asenté por hombre de justicia
con un alguacil; mas muy poco viví con él, por pare-
cerme oficio peligroso; mayormente, que una noche nos
corrieron á mi y á mí amo á pedradas y á palos unos
retraidos, y á mi amo, que esperó, trataron mal; mas á
mí no me alcanzaron. Con esto renegué del trato; y
pensando en qué modo de vivir haria mi asiento por
tener descanso y ganar algo para la vejez, quiso Dios
alumbrarme y ponerme en camino y manera provechosa, y con favor que tuve de amigos y señores, todos
mis trabajos y fatigas hasta entónces pasados fuéron pagados con alcanzar lo que procuré, que fué un oficio
real, viendo que no hay nadie que medre, sinó los que
le tienen. En el cual el dia de hoy yo vivo y resido al
servicio de Dios y de vuestra merced; y es, que tengo
cargo de pregonar los vinos que en esta ciudad se ven-
den, y en almonedas y cosas perdidas, acompañar los
que padecen persecuciones por justicia, y declarar á
voces sus delitos : pregonero, hablando en buen romance. Háme sucedido tan bien, y yo le he usado tan fácil-
mente, que casi todas las cosas al oficio tocantes pasan
por mi mano; tanto que, en toda la ciudad el que ha de
echar vino á vender ó algo, si Lázaro de Tórmes no
entiende en ello, hacen cuenta de no sacar provecho.

En este tiempo, viendo mi habilidad y buen vivir,
teniendo noticia de mi persona el señor arcipreste de
San Salvador, mi señor y servidor y amigo de vuestra
merced, porque le pregonaba sus vinos, procuró casarme
con una criada suya; y visto por mí que de tal persona

no podia venir sino bien y favor, acordé de lo hacer, y
así me casé con ella, y hasta agora no estoy arrepentido,
porque allende de ser buena hija y diligente servicial,
tengo en mi señor arcipreste todo favor y ayuda, y siempre en el año le da en veces al pié de una carga de trigo,
por las pascuas su carne, y cuándo el par de los bodigos,
las calzas viejas que deja; y hízonos alquilar una casa la
par de la suya; los domingos y fiestas casi todas las comíamos en su casa; mas malas lenguas, que nunca faltaron,
no nos dejan vivir, diciendo no sé qué, y sí sé qué, porque
ven á mi mujer irle á hacer la cama, y guisalle de comer,
y mejor les ayude Dios que ellos dicen la verdad; porque allende de no ser ella mujer que se pague destas
burlas, mi señor me ha prometido lo que pienso cum-
plirá, que él me habló un dia muy largo delante della,
y me dijo:

— Lázaro de Tórmes, quien ha de mirar á dichos de
malas lenguas nunca medrará; digo esto, porque no me
maravillaria que alguno murmurase, viendo entrar en
mi casa á tu mujer y salir della; ella entra muy á tu
honra y suya, y esto te lo prometo. Por tanto, no mires
á lo que pueden decir, sino á lo que te toca, digo á tu
provecho.

— Señor, le dije, yo determiné de arrimarme á los
buenos; verdad es, que algunos de mis amigos me han
dicho algo deso, y aun por más de tres veces me han
certificado, que ántes que conmigo casase habia parido
tres veces, hablando con reverencia de vuestra merced,
porque está ella delante.

Entónces mi mujer echó juramentos sobre sí, que yo
pensé la casa se hundiera con nosotros; y despues
tomóse á llorar y á echar mil maldiciones sobre quien
conmigo la habia casado, en tal manera, que quisiera
ser muerto ántes que se me hubiera soltado aquella palabra de la boca; mas yo de un cabo y mi señor de otro,

tanto le dijimos y otorgamos, que cesó su llanto, con
juramento que la hice de nunca más en mi vida men-
tarla nada de aquello, y que yo holgaba y habia por
bien de que ella entrase y saliese de noche y de dia,
pues estaba bien seguro de su bondad. Y así quedamos
todos tres bien conformes; hasta el dia de hoy nunca
nadie nos oyó sobre el caso; ántes cuando alguno siento
que me quiere decir algo della, le atajo y le digo :
mirad, si sois mi amigo, no me digáis cosa con que me
pese; que no tengo por mi amigo al que me hace pesar,
mayormente si me quieren meter mal con mi mujer,
que es la cosa del mundo que yo más quiero, y la amo
más que á mí, y me hace Dios con ella mil mercedes y
más bien que yo merezco, que yo juraré sobre la hostia
consagrada que es tan buena mujer, como vive dentro
de las puertas de Toledo; quien otra cosa me dijere, yo
me mataré con él. Desta manera no me dicen nada, y yo
tengo paz en mi casa. Esto fué el mismo año que nuestro
victorioso emperador en esta insigne ciudad de Toledo
entró y tuvo en ella córtes, y se hicieron grandes rego-
cijos y fiestas, como vuestra merced habrá oido. Pues en
este tiempo estaba en mi prosperidad, y en la cumbre
de toda buena fortuna.

FIN DE LA PRIMERA PARTE DE LAZARILLO DE TORMES

SEGUNDA PARTE

DE

LAZARILLO DE TORMES

SACADA DE LAS CRÓNICAS ANTIGUAS DE TOLEDO

Por H. DE LUNA

INTÉRPRETE DE LA LENGUA ESPAÑOLA.

A LOS LECTORES

La ocasion, amigo lector, de haber hecho imprimir la segunda parte de Lazarillo de Tórmes, ha sido por haberme venido á las manos un librillo que toca algo de su vida, sin rastro de verdad. La mayor parte dél se emplea en contar cómo Lázaro cayó en la mar, donde se convirtió en un pescado llamado atun, y vivió en ella muchos años, casándose con una atuna, de quien tuvo por hijos tres peces como el padre y la madre. Cuenta tambien las guerras que los atunes hacian, siendo Lázaro el capitan, y otros disparates tan ridículos como mentirosos, y tan mal fundados como necios. Sin duda que el que lo compuso quiso contar un sueño necio ó una nece-

dad soñada. Este libro, digo, ha sido el primer motivo
que me ha movido á sacar á luz esta segunda parte, al
pié de la letra, sin quitar ni añadir, como la ví escrita
en unos cartapacios, en el archivo de la jacarandina de
Toledo, que se conformaba con lo que habia oido contar cien veces á mi abuela y tias al fuego las noches de
invierno, y con lo que me destetó mi ama; por más señas
que disputaban muchas veces ella, y otras vecinas, como
habia podido ser que Lázaro hubiese estado tanto tiempo dentro del agua (como se cuenta en esta segunda
parte) sin àhogarse. Las unas decian en pro, las otras en
contra; aquellas acotaban el mesmo Lázaro, que dice no
le podia entrar el agua, por estar lleno y colmado de
vino hasta la boca. Un buen viejo experimentado en
nadar, para probar ser cosa hacedera, interpuso su autoridad, diciendo habia visto un hombre, que entrando
á nadar en el Tajo, se zambulló y metió en unas caver-
nas, desde que el sol se puso hasta que salió, que con su
resplandor pudo atinar el camino; y cuando todos sus
parientes y amigos estaban hartos de llorarle, y buscar
su cuerpo para darle sepultura, salió sano y salvo. La
otra dificultad que en su vida hallaban era, el no haber
ninguno conocido ser Lázaro hombre, y que todos los
que le veian lo juzgasen por pez: á esto respondia un
buen canónigo (que por ser muy viejo estaba todo el dia
al sol con las hilanderas de rueca) haber sido más posible; ateniéndose á la opinion de muchos autores antiguos
y modernos, entre los cuales son Plinio, Eliano, Aristó-
teles, Alberto Magno, los cuales certifican haber en la
mar unos pescados, que á los machos llaman tritones y
á las hembras neréidas, y á todos hombres marinos, los
cuales de la cintura arriba tienen figura de hombres per-
fectos, y de allí abajo de peces; y yo digo, que aunque
esta opinion no fuera defendida de autores calificados,
bastaba, para excusa de la ignorancia española, la licen-

cia que los pescadores tenian de los señores inquisidores
pues fuera un caso de inquisicion, si dudaran de una cosa que sus señorías habian consentido se mostrase por
tal. A este propósito (aunque sea fuera del que trato
ahora), contaré una cosa que sucedió á un labrador de
mi tierra, y fué, que enviándole á llamar un inquisidor
para pedirle le enviase de unas peras que le habian dicho tenia extremadas, no sabiendo el pobre villano lo
que su señoría le queria, le dió tal pena que cayó enfermo, hasta que por medio de un amigo suyo supo lo que
le queria; levantóse de la cama, fuese á su jardin,
arrancó el árbol de raíz, y lo envió con la fruta, diciendo
no queria tener en su casa ocasion de que le enviasen á
llamar otra vez; tanto es lo que los temen, no solo los
labradores y gente baja, mas los señores y grandes : todos tiemblan cuando oyen estos nombres, inquisidor é
inquisicion, más que las hojas del árbol con el blando
céfiro. Esto es lo que he querido advertir al lector, para
que pueda responder cuando en su presencia se verifica-
sen tales cuestiones; y asimismo le advierto me tenga por
cronista, y no por autor desta obra, con que podrá pasar una hora de tiempo; si le agradare, aguarde la tercera parte con la muerte y testamento de Lazarillo, que
es lo mejor de todo; y si nó, reciba la buena voluntad.
Vale.

———

LAZARILLO DE TORMES

SEGUNDA PARTE

CAPÍTULO PRIMERO.

Donde Lázaro cuenta la partida de Toledo para ir á la guerra de Arjel.

Quien bien tiene y mal escoge, por mal que le venga no se enoje. Dígolo á propósito, que no pude ni supe conservarme en la buena vida que la fortuna me habia ofrecido, siendo en mí la mudanza como accidente inseparable qne me acompañaba, tanto en la buena y abundante, como en la mala y desastrada vida. Estando pues gozando el mejor tiempo que patriarca gozó, comiendo como fraile convidado, y bebiendo más que un saludador, mejor vestido que un teatino, y con dos docenas de reales en la bolsa, más ciertos que revendedora de Madrid, mi casa llena como colmena, con una hija ingerta á canutillo, y con un oficio que me lo podia envidiar el echaperros de la iglesia de Toledo, llegó la fama de la armada de Arjel, nueva que me inquietó é hizo que, como buen hijo, determinase seguir las pisadas y huellas de mi buen padre Tomé Gonzalez (que buen siglo haya) con deseo de dejar en los venideros siglos ejemplo y dechado, no de guiar á un astuto ciego, ratonar el pan del avariento clérigo, servir al pelon escudero, y finalmente

gritar las faltas ajenas; mas el ejemplo y dechado fué de
dar vista á los moros ciegos en sus errores, de abrir y
romper los atrevidos y corsarios bajeles, de servir á mi
valeroso capitan de la órden de San Juan, con quien
asenté por repostero, capitulando que todo lo que ga-
nase sería para mí (como lo fué); finalmente, quise dejar ejemplo de gritar y animar, llamando á Santiago y
cierra España.

Despedíme de mi amada consorte y cara hija; esta me
rogó no me olvidase de traerla un morico, y la otra que
me acordase de enviarle con el primer mensajero una
esclava que la sirviese, y algunos cequíes berberiscos
con que se consolase de mi ausencia. Pedí licencia al
arcipreste mi señor, á quien encargué el cuidado y regalo de mi mujer é hija, prometiéndome haria con ellas
como si fueran propias suyas. Partí de Toledo alegre,
ufano y contento, como suelen los que van á la guerra,
colmado de buenas esperanzas, acompañado de grande
cantidad de amigos y vecinos que iban al mesmo viaje
llevados del deseo de mejorar su fortuna. Llegamos á
Murcia con intencion de irnos á embarcar á Cartagena, donde me sucedió lo que no quisiera, por conocer
que la fortuna, que me habia puesto en lo más alto de
su rueda voltária y subido á la cumbre de la bienaventuranza terrestre con su curso veloz, comenzaba á despe-
ñarme á lo más ínfimo.

Fué pues el caso, que llegando á la posada ví un semi-
hombre, que más parecia cabron segun las vedijas é hi-
lachas de sus vestidos: tenía un sombrero encasquetado,
de manera que no se le podia ver la cara; la mano puesta en la mejilla, y la pierna sobre la espada que en una
media vaina de cimojes traia; el sombrero á lo picaresco, sin coronilla, parae vaporar el humo de la cabeza;
la ropilla era á la francesa, tau acuchillada de rota, que
no habia en donde poder atar una blanca de cominos;

la camisa era de carne, la cual se veia por la celosía de
sus vestidos, las calzas al equivalente; las medias, una
colorada y la otra verde, que no le pasaban de los tobi-
llos; los zapatos eran á lo descalzo, tan traidos como llevados; en una pluma que cosida en el sombrero llevaba,
sospeché ser soldado. Con esta imaginacion le pregunté
de dónde era, y adónde bueno caminaba; alzó los ojos
para ver quién era el que se lo preguntaba, conocióme,
y yo á él; era el escudero que en Toledo serví; quedé
admirado de verle en tal traje.

Conocida mi admiracion, dijo:

—No me espantaria, Lázaro amigo, te maravillase
verme como me ves; pero presto no lo estarás si te
cuento lo que por mí ha pasado desde el dia que yo te
dejé en Toledo hasta hoy. Tornando á casa con el true-
que del doblon para pagar á mis acreedores, encontré
con una arrebozada que, tirándome del herreruelo, con
lágrimas y suspiros mezclados con sollozos, me pidió con
encarecimiento la favoreciese en una necesidad que se le
ofrecia; roguéle me diese cuenta de su pena, que más
tardaria en dármela que yo en dalle remedio; ella sin
dejar el llanto, con una vergüenza virginal dijo, que la
merced que le habia de hacer, y ella me suplicaba le
hiciese, era la acompañase hasta Madrid, en donde le
habian dicho estaba un caballero, que no se habia con-
tentado con deshonrarla, sino que además le habia llevado todas sus joyas, sin tener respeto á la palabra de
esposo que le habia dado, y que si yo queria hacer por
ella esto, ella haria por mí lo que una mujer obligada
debia. Consoléla lo mejor que pude dándole esperanzas,
que si su enemigo estaba en el mundo se tuviese por des-
agraviada. En conclusion, sin tornar el pié atrás, parti-
mos á la córte, hasta donde la hice la costa. La señora,
que sabía bien adónde iba, me llevó á una bandera de
soldados, donde la recibieron con alegría y la llevarno

delante del capitan, para que la pusiese en la lista de
las cicatriceras, y tornándose á mí con una cara de poca
vergüenza, dijo : Adios, seor peligordo, pues esta no es
para más. Viéndome burlado, comencé à echar espumajos por la boca, diciéndole, que si como era mujer fuera hombre, la sacaria el alma de cuajo. Un soldadillo de
os que allí estaban se llegó á mí y me hizo una mamola
no osando darme un bofeton, que si me lo hubiera dado,
allí podian abrir la sepultura; como ví aquel negocio
mal encaminado, sin decir chus ni mus, me fuí más que
de paso, por ver si me seguiria algun soldado de talle
para matarme con él ; porque si me pusiera con aquel
soldadejo, y le matara (como sin duda hiciera),
¿ qué honra ó qué fama ganaria ? Mas si hubiera salido
el capitan ó algun valenton, les hubiera dado más cu-
chilladas que arenas hay en el mar. Como ví que ninguno osaba seguirme, fuíme muy contento. Busqué una
comodidad, y por no haberla hallado tal cual merecia,
estoy como ves : verdad es que he podido ser repostero,
ó escudero de cinco ó seis remendonas, oficios que aunque muriese de hambre no los tomaria.

Concluyó el bueno de mi amo con decir que por no
haber hallado unos mercaderes de su tierra, que le pres-
tasen dineros, estaba sin ellos, y no sabía adónde ir
aquella noche. Yo que le entendí la leva, le convidé con
la mitad de mi cama y cena ; admitió el convite ; cuando nos quisimos acostar le dije quitase los vestidos de encima del lecho, que era pequeño para tanta gente. A la
mañana quise levantarme sin hacer ruido, eché mano á
mis vestidos, y fué en vago, porque el traidor me los
habia hurtado é ídose con ellos ; pensé quedarme muerto
en la cama de pura pena, y me hubiera sido mejor por
evitar tantas muertes como despues recibí; dí voces apellidando, al ladron, al ladron ; subieron los de casa, y halláronme como el nadador, buscando con qué cubrirme por

los rincones del aposento : se reian todos como locos, y yo renegaba como carretero ; daba al diablo al ladron fanfarron que me habia tenido la mitad de la noche contando grandezas de su persona y linage.

El remedio que por entónces tomé (porque ninguno me lo daba) fué ver si los vestidos de aquel mata-siete me podian servir, hasta que Dios me deparase otros ; pero era un laberinto ; ni tenian principio, ni fin : entre las calzas y sayo no habia diferencia ; puse las piernas en las mangas, y las calzas por ropilla, sin olvidar las medias que parecian mangas de escribano : las sandalias me podian servir de cormas, porque no tenian suelas ; encasquetéme el sombrero poniendo lo de arriba abajo, por estar ménos mugriento ; de la gente de á pié y de á caballo que iban sobre mí no hablo. Con esta figurilla fuí á ver á mi amo, que me habia enviado á llamar, el cual espantado de ver aquella madagaña, le dió tal risa, que las cinchas traseras se aflojaron, é hizo flux : por su honra es muy justo se pase en silencio. Despues de haber hecho mil paradillas, me preguntó la causa de mi disfraz ; contéselo, y lo que dello resultó fué, que en lugar de tener lástima de mí, me reprendió y echó de su casa, diciendo : Que como aquella vez habia acogido aquel hombre en mi cama, otro dia haria lo mismo con alguno que le robase.

CAPÍTULO II.

Cómo Lázaro se embarcó en Cartagena.

De cosecha tenía el no durar mucho con mis amos : así lo hice con este, aunque sin culpa mia ; víme deses-

perado, solo y afligido, en traje que todos me daban de
codo y se burlaban; unos me decian : No está malo el
sombrerillo con puerta falsa, parece tocado de flamen-
ca ; otros : La ropilla es al uso, parece pocilga de puercos, pues demás que vuestra merced está dentro, le cor-
ren tan gordos que los podria matar y enviar salados á
la señora su mujer. Díjome un mochiller :

— Señor Lázaro, por Dios, que las medias le hacen
buena pantorrilla.

— Las sandalias son á lo apostólico, replicó un bar-
rachel : es que el señor va á predicar á los moros.

Tanto me decian y corrian, que estuve determinado á
tornarme á mi casa ; no lo hice por pensar que la
guerra sería muy pobre si en ella no se ganaba más de
lo perdido : lo que más sentia era que huian de mí como
de un apestado.

Embarcámonos en Cartagena : la nave era grande y
bien abastecida ; izaron las velas y diéronlas al viento,
que llevaba é impelia con grande velocidad. La tierra se
nos escondió, y el mar se embraveció con un viento contrario, que levantaba las velas hasta las nubes ; la borrasca crecia, y la esperanza faltaba ; los marineros y
pilotos nos desahúciaron ; los gemidos y llantos eran tan
grandes, que me pareció estábamos en sermon de pasion ;
con la grande batahola no se entendia nada de lo que
se mandaba ; unos corrian á una parte, otros á otra :
parecíamos caldereros ; todos se confesaban con quien
podian, y tal hubo que se confesó con una *piltrafa*, y ella
le dió la absolucion tan bien como si hubiera cien años
que ejercitara el oficio. A rio revuelto ganancia de pescadores ; como ví que todos estaban ocupados, dije entre
mí : muera Marta y muera harta. Bajé á lo hondo de la
nave donde hallé abundancia de pan, vino, empanadas,
conservas, que nadie les decia ¿ qué haceis ahí ? Comencé á comer de todo y á henchir mi estómago por hacer

provision hasta el dia del juicio. Llegóse a mí un soldado pidiéndome le confesase, y espantado de verme con tan buen aliento y apetito, preguntóme cómo podia comer viendo la muerte al ojo; díjele lo hacía por miedo de que el agua de la mar que habia de beber cuando me ahogase no me hiciese mal : mi simplicidad le hizo sacar la risa de los carcañales. A muchos confesé que no decian palabra con la agonía, ni yo la escuchaba con la prisa de tragar. Los capitanes y gente de consideracion con dos clérigos que habia se salvaron en el esquife ; yo estaba mal vestido, y así no cupe dentro. Cuando estuve harto de comer fuíme á una pipa de buen vino y trasmudé en mi estómago todo lo que cupo : olvidéme de la tormenta y aun de mí mismo.

La nave dió al traves, y el agua entraba por ella como por su casa : un cabo de escuadra me asió de las manos, y con la agonía de la muerte me dijo le escuchase un pecado que me queria confesar, y era que no habia cumplido una penitencia que le habian dado de ir en romería á Nuestra Señora de Loreto, habiendo tenido mucha comodidad para ello, y que entónces que queria no podia ; y yo le dije, que con la autoridad que tenia se la conmutaba, y que en lugar de ir á Nuestra Señora de Loreto fuese á Santiago.

— ¡ Ay, señor ! dijo él, cuánto quisiera yo cumplir esa penitencia, mas el agua empieza á entrarme por la boca, y no puedo.

— Si así es, le repetí, os doy por penitencia que bebáis toda la del mar ; mas no la cumplió, que muchos hubo allí que bebieron tanta como él. Llegando á mi boca le dije, á otra puerta, que esta no se abre, y aunque la abriera no pudiera entrar, porque mi cuerpo estaba tan lleno de vino que parecia cuero atisbado.

Al estallido de la nave acudió gran cantidad de pes-

cados : parecia les habian dado socorro con los del na-
vío ; comian de las carnes de los miserables ahogados
(y no en poca agua), como si pacieran en prado concejil.
Quisieron hacer ejecucion en mi persona ; puse mano á
mi tizona, y sin detenerme en pláticas con tan ruin
gente, daba en ellos como asno en centeno verde. Sil-
bando me decian : No queremos hacerte mal, salvo
saber si tienes buen gusto. Tanto hice, que en ménos de medio cuarto de hora maté más de quinientos
atunes, que eran los que querian hacer *gaudeamus* con
estas carnes pecadoras. Los pescados vivos se cebaron
en los muertos, y dejaron la compañía de Lázaro que no
les era provechosa. Víme señor en la mar sin contradicion
ninguna. Discurrí de unas á otras partes, donde ví cosas
increibles: infinidad de osamentas y cuerpos de hombres ;
hallé cantidad de cofres llenos de joyas y dineros, mu-
chedumbre de armas, sedas, lienzos y especería. Todo
me daba envidia, y todo lástima por no tenerlo en mi
casa ; con que, como decia el vizcaino, comiera el pan
empringado con sardinas. Hice todo lo que pude, y no
hice nada. Abrí una gran arca, é henchíla de doblo-
nes y joyas preciosísimas ; tomé algunas sogas de
muchas que allí habia, con que la até, y añudando
unas á otras, hice una tan larga, que me pareció
bastante para llegar á la superficie del agua. Si
puedo sacar estas riquezas de aquí (decia entre mí), no
habrá bodegonero en el mundo más regalado que yo :
haré casas, fundaré rentas y compraré un jardin en los
cigarrales ; mi mujer se pondrá don y yo señoría ; casaré
á mi hija con el más rico pastelero de mi tierra ; todos
vendrán á darme el parabien, y yo les diré que lo he bien
trabajado, sacándolo, no de las entrañas de la tierra,
pero del corazon de la mar; no mojado de sudor, mas
remojado como curadíllo seco. En mi vida he estado tan
contento como entónces, sin considerar que si abria la

boca quedaria allí con mi tesoro sepultado hasta ciento
y un año.

CAPÍTULO III.

Cómo Lázaro salió de la mar.

Viéndome tan cerca de morir, temia ; y tan cercano de
ser rico, me alegraba ; la muerte me espantaba, y el
tesoro me deleitaba para huir de aquella y gozar deste.
Desnudéme los andrajos que mi amo primero me habia
dejado por el servicio que le habia hecho ; atéme la
soga al pié, y comencé á nadar (que aunque sabía poco,
la necesidad me ponia alas en los piés y remos en las
manos). Los pescados que alrededor estaban acudieron
á picarme, haciéndome caminar con sus rempujones que
me servian como de estribo : ellos picando y yo coceando
llegamos hasta la superficie del agua, donde me sucedió una cosa que fué causa de toda mi desdicha. Los
pescados y yo encontramos con unas redes que unos
pescadores habian tendido, los que sintiendo la pesca
enredada tiraron con tanta furia, y el agua me comenzó
á entrar, no con menor, que sin poder resistir me comencé
á ahogar, y lo hubiera hecho si los marineros con su
prisa acostumbrada no sacaran la presa á los barcos.
Doy al diablo el mal sabor : en todos los dias de mi vida
he bebido cosa peor ; súpome á los meados del señor arcipreste, que un dia mi mujer me hizo beber diciendo
ser víno da Ocaña.

Puestos en el barco los peces y yo á revuelta dellos,
comenzaron á tirar de la cuerda, por la cual (como di-

cen) sacaron el ovillo. Halláronme atado á ella, y
admirados decian : ¿ Qué pescado en este que tiene
las faccionnes de hombre? ¿ si es diablo ó fantasma?
Tirémos desta soga, verémos qué trae asido al pié :
tiraron con tanta fuerza que el barco se iba á lo
hondo ; conociendo el peligro la cortaron, y con ella las
esperanzas á Lázaro de hacerse de los godos. Pusiéronme boca abajo para que echara el agua que habia bebido ; vieron que no estaba muerto (que no hubiera sido
para mí lo peor) ; diéronme un poco de vino, con que
como lámpara con aceite torné en mí. Hiciéronme mil
preguntas, á ninguna respondí, hasta que me dieron de
comer, y cobrando aliento, lo primero que les pregunté
fué por la corma que traia atada al pié ; dijéronme cómo la habian cortado por librarse del peligro en que se
habian visto. Allí se perdió Troya, y Lázaro sus bien
colocados deseos : allí comenzaron sus dolores, angustias
y tormentos. No hay mayor dolor en el mundo que haberse visto rico y en los cuernos de la luna, y verse pobre y sujeto á necios. Todas mis quimeras se fundaban
en el agua, y ella me las anegó todas. Conté á los pescadores lo que ellos y yo habíamos perdido en haberme
cortado las pihuelas. Fué tan grande el enojo que recibieron, que uno dellos se quiso desesperar.

El más cuerdo de todos dijo sería bueno me tornasen á
la mar. y que me aguardasen allí hasta que saliese : si-
guieron todos el voto deste ; y no obstante los inconve-
nientes que yo les representé estaban en sus trece, diciendo. que pues sabía el camino, me era fácil (como si
fuera ir á la pastelería ó al bodegon) ; cególes tanto la
codicia que me querian ya echar, si mi dicha ó desdicha no ordenase llegase donde estábamos un barco que
venía á ayudarles á llevar la pesca ; callaron, porque los
otros no supiesen el tesoro que habian descubierto ;
fuéles forzoso por entónces dejar su mala intencion ; lle-

garon los barcos á la lengua del agua, echáronme entre
los pescados para disimular, con intencion de tornarme á
buscar cuando pudiesen. Tomáronme entre dos, y llevaron á una cabañuela que cerca tenian. Uno que no
sabía el misterio les preguntó qué era aquello ; respon-
diéronle ser un mónstruo que habian cogido con los atunes. Puesto en aquella pobre zahurda, les rogué me diesen algunos andrajos con que cubrir mi desnudez y con
que poder salir delante de los hombres. Eso será, dijeron ellos, despues de haber hecho cuenta con la hués-
peda : no entendí entónces esta jerigonza. Extendióse la
fama del mónstruo por la comarca ; venía mucha gente
á la choza para verme ; los pescadores no me querian
mostrar diciendo aguardaban licencia del señor obispo
é inquisidores para mostrarme, y que hasta entónces
era excusado. Yo estaba atónito, sin saber qué decir ni
hacer, no adivinando su intencion ; sucedióme lo que al
cornudo que es el postrero que lo sabe. Inventaron pues
estos diablos una invencion que el mismo Satanás no hubiera urdido otra semejante, que pide un nuevo capítulo
y una nueva atencion.

CAPÍTULO IV.

Cómo llevaron á Lázaro por España.

La ocasion hace al ladron : los pescadores, echando
de ver se les ofrecia tan buena, asiéronla de la melena,
y aun de todo el cuerpo. Viendo que acudia tanta gente
al nuevo pescado, determinaron desquitarse de la pér-
dida que habian hecho, cortándome la soga del pié, y

así enviaron á pedir licencia à los señores inquisidores
para demostrar por toda España un pez que tenia cara
de hombre; alcanzáronla con facilidad por medio de
un presente que del mejor pescado que habian cogido
hicieron á sus señorías. Cuando el buen Lázaro estaba
dando gracias á Dios por haberle sacado del vientre de
la ballena (que fué un milagro tanto mayor cuanto mi
industria y saber era menor, nadando como una barra
de plomo); tomáronme entre cuatro de aquellos, que
parecian más verdugos de los que crucificaron á Jesu-
cristo, que hombres; atáronme las manos y pusiéronme
una barba y casquete de musgo, sin olvidar los mosta-
chos, que parecia salvaje de jardin. Envolviéronme los
piés en espadañas; víme como trucha montañesa. Lloraba mi desdicha; gemia quejándome de mi hado ó fortuna; decia: ¿qué es esto que tanto me persigues? En mi
vida te ví ni te conozco; pero si por los efectos se ras-
trea la causa, por lo que de tí he experimentado creo
no hay sirena, basilisco, víbora, ni leona parida más
cruel que tú: subes á los hombres con halagos y caricias á la cumbre de tus deleites y riquezas, dejándoles
de allí despeñar en el abismo de todas las miserias y ca-
lamidades, tanto mayores cuanto tus favores lo habian
sido.

Oyó mi soliloquio uno de aquellos borreros, y con voz
carretil me dijo:

— Si el señor atun habla más palabra, le pondrán en
sal con sus compañeros, ó lo quemarémos como á mónstruo: los señores inquisidores han mandado, prosiguió,
lo llevemos por las villas y lugares de España, á ense-
ñarlo á todos como portento y mónstruo de natura.

Yo les juraba que no era atun, mónstruo, ni otra co-
sicosa, mas que hombre como cualquiera hijo de vecino,
y si habia salido de la mar, era por haber caido en ella
con los que se ahogaron en la armada de Arjel. Eran

sordos y tanto peores cuanto ménos querian entender.
Viendo que mis ruegos eran tan perdidos como la lejía
con que lavan la cabeza al asno, tuve paciencia, aguar-
dando á que el tiempo, que todo lo cura, curase mi mal,
que procedia de aquellos malditos metamorfósios. Pusiéronme en una media cuba hecha al modo de un bergan-
tin, que llena de agua y yo sentado en ella, me llegaba
hasta los labios; no me podia levantar en pié por tenerlos atados con una soga, de la cual salia un cabo por entre los cellos de aquel pelambre, de suerte que si por
malos de mis pecados pipeaba, me hacian dar un cama-
rujo como rana, y beber más agua que hidrópico; cerraba la boca hasta que sentia que el que tiraba aflojaba;
entónces sacaba la cabeza fuera como tortuga, y escar-
mentaba en la mia propia.

Puesto desta suerte me mostraban á todos, y eran
tantos los que acudian á verme (pagando cada uno un
cuartillo), que en un dia ganaban doscientos reales.
Crecia la codicia á medida de la ganancia, la cual les
hizo dudar de mi salud; para conservarla entraron en
bureo, si seria bueno sacarme las noches del agua, por
temer que la mucha humedad y frialdad no me acortase
la vida, que ellos querian más que á la propia (por el
provecho que della se les seguia). Determinaron estuviese siempre en ella, creyendo que la costumbre se tor-
naria en naturaleza; de manera que el pobre Lázaro estaba como arroz ó como cáñamo en balsa. A la piadosa
consideracion del benigno lector dejo lo que en tal caso
podia sentir, viéndome preso con tan extraño género de
prision. Cautivo en tierra de libertad y aherrojado por la
malicia de aquellos codiciosos titiriteros, y lo peor y que
más sentia era serme necesario contrahacer el mudo sin
serlo, ni aun podia abrir la boca; porque al punto que
la abria estaba tan alerta mi centinela, que sin que nadie lo pudiera ver, me la henchia de agua, temiendo no

hablase. Mi comida era pan remojado que los que venian allí echaban para verme comer; de manera que en seis meses que en aquel baño estuve, maldita otra cosa comí: mi bebida era agua de la cuba, que por no ser muy limpia, era más sustanciosa, particularmente que con la frialdad me dieron unas camarillas, que me duraron lo que me duró aquel purgatorio aguado.

CAPÍTULO V.

Cómo llevaron á Lázaro á la Córte.

Lleváronme aquellos sayones de ciudad en villa, y de villa en aldea, y de aldea en cortijo, más alegres con la ganancia que pascua de flores. Burlábanse del pobre Lázaro, y cantaban diciendo : Viva, viva el pescado que nos da de comer sin trabajo.

El ataud iba encima de un carro; acompañábanme tres : el carretero, el que tiraba de la cuerda cuando yo queria hablar, y el relator de mi vida; este hacia las arengas contando el extraño modo que habian tenido en pescarme, y mintiendo más que sastre en víspera de pascua. Cuando caminábamos por despoblados me permitian hablar, que fué la mayor cortesía que dellos recibí : preguntábales quién diablos les habia puesto en la cabeza me llevasen de aquella manera puesto en piscina. Respondíanme que si no lo hacia así, moriria al punto, pues siendo como era pescado, no podia vivir fuera del agua. Viéndolos tan porfiados determiné de serlo, y así me lo persuadia, pues que todos me tenian por tal, creyendo que el agua de la mar me habria mu-

dado, siendo la voz del pueblo, como dicen, la de Dios;
y así de allí adelante no hablaba más que en misa.

Entráronme en la córte, donde la ganancia era grande
por ser la gente della amiga de novedades, á quien
siempre acompaña la ociosidad. Entre muchos que vi.
nieron á verme fueron dos estudiantes, que considerando por menudo la fisonomía de mi rostro, dijeron á medio tono jurarian en una ara consagrada que yo no era
pescado, sino hombre, y que si ellos fueran ministros
de justicia sacaran la verdad en limpio, limpiándonos á
todos las espaldas con una penca. Rogaba á Dios en mi
alma que lo hiciesen, con tal que me sacasen de allí;
quise ayudarles diciendo : los señores bachilleres tienen
razon; mas apénas habia abierto la boca, cuando mi
centinela me la habia metido en el agua; los gritos que
dieron todos cuando me zambullí (ó me zambulleron)
impidieron que los buenos licenciados pasasen adelante en
su discurso. Echábanme pan, y yo lo despachaba ántes
que se remojase mucho; no me daban la mitad de lo
que comiera. Acordábame de la abundancia de Toledo y
de mis amigos los alemanes, y de aquel buen vino que
solia pregonar. Rogaba á Dios repitiese el milagro de la
cena de Galilea, y que no permitiese que muriese á manos del agua, mi mayor enemigo.

Consideraba lo que aquellos estudiantes habian dicho,
que por el ruido nadie lo entendió; confirméme en que
era hombre, y por tal me tuve de allí adelante, aunque
mi mujer me habia dicho muchas veces era una bestia,
y los muchachos de Toledo me solian decir : Señor Lázaro, encasquétese un poco el sombrero que se le ven
los cuernos : todo esto y el llevarme en remojo me habia hecho dudar si era hombre perfecto ó nó; mas desde que oí hablar á aquellos benditos zahoris del mundo,
no dudé más en ello, y así procuraba librarme de las
manos de aquellos caldeos. Una noche, en el mayor si-

lencio della, viendo que mis guardas dormian á pierna
suelta, procuré soltarme, mas por estar las cuerdas mo-
jadas me fué imposible; quise dàr voces; pero consideré
que no me serviria de nada, pues el primero que las
oyese me taparia la boca con una azumbre de agua.
Viendo cerrada la puerta á mi remedio, con gran impa-
ciencia empecé á revolcarme en aquel cenagal, y tanto
hice y forcejé, que la cuba se trastornó y yo con ella;
derramóse toda el agua; viéndome libre, grité pidiendo
favor; los pescadores despavoridos, conociendo lo que
yo habia hecho, acudieron al remedio, que fué taparme
la boca, hinchéndomela de yerba y para confundir mis
voces las daban ellos mayores, apellidando justicia, justicia; y diciendo y haciendo tornaron á henchir la cuba
de un pozo que allí estaba, con una presteza increible:
el huésped salió con una alabarda, y todos los de la posada, cuáles con asadores y cuáles con palos; acudieron
los vecinos y un alguacil con seis corchetes, que por allí
acertó á pasar; el mesonero preguntó á los marineros
qué era aquello; respondieron ser ladrones que les querian hurtar su pez; él como un perdido gritaba: A los
ladrones, á los ladrones; unos miraban si saldrian por
la puerta, ó si saltarian de un tejado á otro; ya mis cus-
todios me habian tornado á la tina.

Sucedió que el agua que della se habia derramado cayó toda por un agujero á un aposento más bajo, sobre
una cama donde dormia la hija de la casa, la cual mo-
vida de caridad habia acogido en ella á un clérigo que
para su contemplacion habia venido á aposentarse allí
aquella noche. Espantáronse tanto del diluvio del agua
que sobre su cama caia y de las voces que todos daban,
que sin saber qué hacer se echaron por una ventana desnudos como Adan y Eva, pero sin hojas de higuera en
sus vergüenzas. Hacia una luna muy clara, que su claridad podia competir con la del que se la daba; al punto

que los vieron apellidaron : Ladrones, tengan los ladrones : los corchetes y alguacil corrieron tras ellos, y á pocos pasos los alcanzaron, porque como iban descalzos las piedras no les dejaban huir; y sin ser oidos ni vistos los llevaron á la cárcel. Los pescadores salieron muy de mañana de Madrid á Toledo, sin saber lo que Dios habia hecho de la simple doncellita y del devoto clérigo.

CAPÍTULO VI.

Cómo llevaron á Lázaro á Toledo.

La industria de los hombres vana; su saber ignorancia y su poder flaqueza, cuando Dios no le fortalece, enseña y guia. Mi trabajo sirvió solo de acrecentar el cuidado y solicitud de mis guardas, los cuales, enojados del asalto de la noche pasada, me dieron tantos palos por el camino, que me dejaron casi por muerto, diciendo : Maldito pescado, ¿queriais iros? ¿no conocéis el bien que os hacen en no mataros? Sois como la encina, que no dáis el fruto sino á palos. Molido, reprendido y muerto de hambre me entraron en Toledo : aposentáronse junto á Zocodover en casa de una viuda, cuyos vinos solia yo pregonar. Pusiéronme en una sala baja, adonde acudia mucha gente.

Entre otros vino mi Elvira con mi hija de la mano: cuando la vi no pude detener dos hilos de lágrimas que reventaron de mis ojos. Lloraba y suspiraba, pero entre cuero y carne, porque no me privasen de lo que tanto

amaba, y de la vista de lo que quisiera tener mil ojos
para ver; aunque fuera mejor que los que me privaban
de la palabra lo hicieran de la potencia visiva; porque
mirando atentamente á mi mujer, la ví, ¡ no sé si lo diga !... vila la tripa á la boca: quedé espantado y atónito;
aunque si tuviera juicio no tenía de qué, pues el arcipreste, mi señor, me habia dicho, cuando salí de aquella
ciudad para la guerra, y haria con ella como si fuera
suya propia. De lo que más me pesaba era de no poder
persuadirme estaba preñada de mí, pues habia más de
un año que estaba ausente. Cuando moraba en ella y
vivíamos en uno, y me decia: Lázaro, no creas te haga
traicion, porque si lo crees, haces muy mal; quedaba
tan satisfecho, que huia de pensar mal della, como el
diablo del agua bendita: pasaba la vida alegre, contento
y sin celos, que es enfermedad de locos. Muchas veces
he considerado entre mí, que esto de hijos consiste en
la aprension; porque ¡cuántos hay que aman á los que
piensan serlo suyos sin tener más dellos que el nombre,
y otros que, por alguna quimera que se les pone en el
capricho, los aborrecen por imaginar que sus mujeres
les han puesto la madera tinteril en la cabeza! Comencé
á contar los meses y dias; hallé cerrado el camino de
mi consolacion. Imaginé si mi buena consorte estaba hi-
drópica; duróme poco esta pia meditacion; porque al
punto que de alli salió, comenzaron dos viejas á decirse
una á otra:

— ¿Qué os parece de la arcipresta? No le hace su marido.

— ¿De quién está preñada? preguntó la otra.

— ¿De quién? prosiguió la primera: del señor arcipreste; y es tan bueno que por no dar escándalo si pare
en su casa sin tener marido, la casa el domingo con
Pierres, el gabacho, que será tan paciente como mi com-
padre Lázaro.

Este fué el toque y el *non plus ultra* de mi paciencia:
comenzóseme á abrir el corazon sudando dentro del agua
y sin poder irme á la mano me cai desmayado en la pocilga; el agua se entraba á más andar por todas las puertas sin resistencia alguna, dando muestras de estar
muerto, harto contra mi voluntad, la cual fué de vivir
todo lo que Dios quisiera y yo pudiese, á pesar de ga-
llegos y de la adversa fortuna. Los pescadores afligidos
hicieron salir fuera á todos, y con grande diligencia me
sacaron la cabeza fuera del agua: halláronme sin pulso
y sin aliento, y sin él se lamentaban, llorando la pérdi-
da, que para ellos no era pequeña. Sacáronme fuera de
la tina, procuraron hacerme vomitar lo que habia bebido, mas fué en vano; porque la muerte habia cerrado la
puerta tras si. Viéndose en blanco, y aun en albis, como
domingo de cuasimodo, no sabian imaginar el remedio,
ni aun dar un medio á su pena y fatiga; salió decretado
por el concilio de tres, que la noche venida me llevasen
al rio y me echasen dentro con una piedra al cuello,
para que me sirviese de sepulcro la que lo habia hecho
de verdugo.

CAPÍTULO VII.

De lo que le sucedió á Lázaro en el camino del rio Tajo.

Ninguno desespere, por más afligido que se vea; pues
cuando ménos se catará abrirá Dios las puertas y ventanas de su misericordia, y mostrará no serle nada imposible, y que sabe, puede y quiere mudar los designios de
los malos en saludables y medicinales remedios para los

que en él confian. Pareciéndoles á aquellos sayones de
ramplon, que la muerte no se burlaba, siendo costumbre suya no hacerlo,me metieron en un costal, y atra-
vesándome en un macho, como zaque de vino, ó por
mejor decir, de agua, estando lleno della hasta la boca
se encaminaron por la cuesta del Cármen, con más tristeza que si llevaran á enterrar al padre que los habia en-
gendrado y á la madre que los parió. Quiso mi buena
suerte que cuando me pusieron sobre el mulo, fué de
pechos y tripas; como iba boca abajo, comencé á echar
agua por ella, como si hubieran levantado las compuer-
tas de una represa ó esclusa.

Torné en mi acuerdo, y cobrando aliento conoci estar
fuera del agua y de aquel desdichado pelambre. No sabia dónde estaba, ni adónde me llevaban; solo oí decir:
Importa para nuestra seguridad buscar un pozo muy
hondo para que no lo encuentren tan presto. Por el hilo
saqué el ovillo: imaginándome lo que era, y viendo que
no podia ser más negro el cuervo que las alas, oyendo
ruido de gente cerca, di voces diciendo: aqui de Dios,
justicia, justicia. Los del ruido eran la ronda, que acu-
díeron á mis gritos con las espadas desnudas; recono-
cieron el costal y hallaron al pobre Lázaro hecho un
abadejo remojado. En cuerpo y alma sin ser oidos ni
vistos, nos llevaron á todos á la cárcel: los pescadores
lloraban por verse presos, y yo reia por estar libre. Pusiéronlos á ellos en un calabozo, y á mi en una cama. A
la mañana siguiente nos tomaron nuestros dichos: ellos
confesaron la traida y llevada por España, mas que lo
habian hecho creyendo era pescado, habiendo para ello
pedido licencia á los señores inquisidores. Yo dije la verdad de todo, y cómo aquellos bellacos me tenian atrail-
lado y puesto de manera que no podia pipear.

Hicieron venir al arcipreste y á mi buena Elvira para
probar si era verdad que yo fuese el Lázaro de Tormes

que decia: dijo ser verdad que parecia en algo á su
buen marido; mas que creia no era él; porque aunque
habia sido un gran bestia, ántes seria mosquito que pez,
y buey que pescado : diciendo esto, y haciendo una
grande reverencia, se salió. El procurador de mis verdugos requirió que me quemasen, porque sin duda era
mónstruo, y que él se obligaba á probarlo. ¡ Eso sería el
diablo, decia yo entre mi, si hay algun encantadcr que
me persigue, trasformándome en lo que le da gusto! Los
jueces le mandaron callar. Entró el señor arcipreste, que
viéndome tan descolorido y arrugado como tripa de vieja, dijo no me conocia en la cara, ni talle. Trúje á la
memoria algunas cosas pasadas y muchas secretas, que
entre nosotros habian pasado : particularmente le dije se
acordase de la noche que vino desnudo á mi cama, diciendo tenia miedo de un duende que habia en su aposento, y se habia acostado entre mi mujer y mi. Él, porque no pasase adelante con las señas, confesó ser verdad
que yo era Lázaro, su buen amigo y criado. Concluyóse
el proceso con el testimonio del señor capitan que me
sacó de Toledo, y fué de los que se escaparon de la tormenta en el esquife, confesando ser yo en persona Lázaro su criado. Conformóse con esto la relacion del tiempo y lugar en que los pescadores dijeron haberme pescado. Sentenciáronlos á cada uno á doscientos azotes, y
su hacienda confiscada, una parte para el rey, otra para
los presos, y la tercera para Lázaro. Halláronles dos mil
reales, dos mulas y un carro; de que pagadas las costas
y gastos, me cupieron veinte ducados. Quedaron los marineros pelados y aun desollados, y yo rico y contento,
porque en mi vida me habia visto señor de tanto dinero
junto.

Fuime á casa de un amigo, donde despues de haber
envasado algunas cántaras de vino para quitar el mal
gusto del agua, y puesto á lo de Dios es Cristo, comencé

á pasearme como un conde, comiendo como cuerpo de
rey, honrado de mis amigos, temido de mis enemigos,
y acariciado de todos. Los males pasados me parecian
sueño; el bien presente, puerto de descanso, y las esperanzas futuras, paraiso de deleites. Los trabajos humi-
llan, y la prosperidad ensoberbece. El tiempo que los
veinte escudos duraron, si el rey me hubiera llamado
primo, lo tuviera por afrenta. Cuando los españoles al-
canzamos un real, somos príncipes, y aunque nos falte,
nos lo hace creer la presuncion. Si preguntáis á un mal
trapillo quién es; responderos ha por lo ménos, que des-
ciende de los godos, y que su corta suerte lo tiene arrin-
conado, siendo propio del mundo loco levantar á los bajos y bajar á los altos; pero que aunque asi sea, no dará
á torcer su brazo, ni se estimará en ménos que el más
preciado, y morirá ántes de hambre, que ponerse á un
oficio; y si se ponen á aprender alguno, es con tal de-
saire que, ó no trabajan, ó si lo hacen, es tan mal, que
apénas se hallará un buen oficial en toda España. Acuérdome, que en Salamanca habia un remendon que cuando le llevaban algo que remendar, hacia un soliloquio
quejándose de su fortuna, que le ponia en términos de
trabajar en un tan bajo oficio, siendo descendiente de
tal casa y de tales padres, que por su valor eran conoci-
dos en España. Pregunté un dia á un vecino suyo, quiénes habian sido los padres de aquel fanfarron: dijéronme que su padre habia sido pisador de uvas, y en invierno matapuercos, y su madre lava-vientres: quiero decir
criada de mondonguera.

Habia yo comprado un vestido de terciopelo raido, y
una capa traida de raja de Segovia; llevaba una espada,
con cuya contera desempedraba las calles. No quise ir
á ver á mi mujer, cuando sali de la cárcel, por hacerle
desear mi visita, y para vengarme del desprecio que habia hecho de mi, en ella: crei sin duda que, viéndome

tan bien vestido, se arrepentiria y recibiria con los brazos abiertos; mas tijeretas eran y tijeratas fuéron. Ha-
lléla parida y recien casada; cuando me vió dijo gritando:

— Quitenme de delante á ese pescado mal remojado,
cara de ansaron pelado; que si no, por el siglo de mi
padre, me levante y le saque los ojos.

Yo con mucha flema la respondí:

— Poco á poco, señora atiza-candiles, que si no me
conoce por marido, ni yo por mujer, dénme á mi hija,
y tan amigos como antes: hacienda he ganado, prose-
gui, para casarla muy honradamente.

Pareciame que aquellos veinte ducados habian de ser
como las cinco blancas de Juan espera en Dios, que en
gastándolas hallaba otras cinco en su bolsa; mas á mi,
como era Lazarillo del diablo, no me sucedió asi, como
se verá en el siguiente capítulo. El señor arcipreste se
opuso á mi demanda, diciendo que no era mia, y para
prueba dello me mostró el libro del bautismo, que con-
frontado con los capítulos matrimoniales, se veia que la
niña habia nacido cuatro meses despues que yo habia
conocido á mi mujer. Cai de mi asno, en que hasta entónces habia estado á caballo, creyendo ser mi hija la
que no lo era.

Volvi las espaldas tan consolado como si jamás las
hubiera conocido. Fui á buscar á mis amigos, contéles el
caso, consoláronme, que fué menester poco para ello. No
quise tornar al oficio de pregonero, porque aquel terciopelo me habia sacado de mis casillas. Yéndome á pasear
hácia la puerta de Visagra, en la de San Juan de los
Reyes encontré á una antigua conocida, que despues de
haberme saludado me dijo cómo mi mujer estaba mas
blanda despues que habia sabido tenia dineros, particularmente porque el gabacho la habia parado como
nueva. Roguéla me contase el caso; ella lo hizo dicien-

do : que el señor arcipreste y mi mujer se habian puesto
un dia á consultar si seria bueno tornarme á recibir á
mi y echar al gabacho, poniendo razones en pró y en
contra; la consulta no fué tan secreta, que el nuevo ve-
lado no la entendiese, el cual disimulando, á la mañana
se fué a trabajar al olivar, adonde su mujer y la mia fué
á mediodia á llevarle la comida. Él la ató al pié de un
árbol, habiéndola primero desnudado, donde le dió mas
de cien azotes; y no contento con esto, hizo un lio de todos sus vestidos, y quitándole las sortijas se fué con todo, dejándola atada, desnuda y lastimada, donde sin duda muriera, si el arcipreste no hubiera enviado á bus-
carla. Prosiguió diciendo, creia sin falta, que si yo
echaba rogadores me recibirian como antes, porque ella
la habia oido decir: Desdichada de mi, por qué no admití á mi Lázaro, que era bueno como el buen pan, nada melindroso, ni escrupuloso, el cual me dejaba hacer
lo que queria. Este fué un toque que me trastornó de
arriba abajo, y estuve por tomar el consejo de la buena
vieja, pero quise comunicarlo primero con mis amigos.

CAPÍTULO VIII

Como Lázaro pleiteó contra su mujer.

Somos los hombres de casta de gallinas ponederas
que si queremos hacer algun bien, lo gritamos y caca-
reamos; pero si mal, no queremos que nadie lo sepa,
para que no nos disuadan lo que seria bueno estorbasen.
Fuí á ver á uno de mis amigos, y hallé tres juntos, porque despues que tenia dineros, se habian multiplicado

como moscas con la fruta; díjeles mi deseo, que era tornarme con mi mujer, y quitarme de malas lenguas,
siendo mejor el mal conocido, que el bien por conocer.
Afeáronme el caso, diciendo era hombre que no tenia
sangre en el ojo, ni sesos en la cabeza, pues queria jun-
tarme con una ramera, piltrafa, escalentada, mata-can-
diles, y finalmente, mula del diablo, que así llaman en
Toledo á las mancebas de los clérigos. Tales cosas me
dijeron y tanto me persuadieron, que determiné de no
rogar ni convidar. Echando de ver mis buenos amigos
(¡del diablo lo fuéran ellos!) que su consejo y persua-
siones eran eficaces, pasaron adelante diciendo, me
aconsejaban como quien tan íntimo lo era suyo, sacase las manchas y quitase el borron de mi honra tornando por ella, pues iba tan de capa caida, dando una querella contra el arcipreste y contra mi mujer, pues todo
no me costaria blanca ni cornado, siendo ellos como
eran ministros de justicia. El uno, que era un procurador de causas perdidas, me ofrecia cien ducados por mi
provecho; el otro, como más entendido por ser un le-
trado de cantoneras, me decia que si él estuviese en mi
pellejo, no daria mi ganancia por doscientos; el tercero
me aseguraba (que como corchete que era lo sabia muy
bien) haber visto otros pleitos ménos claros, más dudo-
sos, que habian valido á los que los habian emprendido
una ganancia sin cuento, cuanto más que creia que á los
primeros encuentros del dómine Bacalarius, me hinchi-
ria á mí las manos, y se las untaria á ellos, porque de-
sistiésemos de la querella, rogándome que tornase con
mi mujer, resultándome de ello más honra y provecho,
que no si yo lo hacia.

Encarecieron la cura arregostándome con buenas esperanzas; cogiéronme del pié á la mano, sin saber que
responder á sus argumentos sofísticos, aunque bien se
me alcanzaba ser mejor perdonar y humillarse, que no

llevar las cosas á punta de lanza, cumpliendo el mandamiento de Dios más dificultoso, que es el amor á los enemigos, y más que mi mujer no me habia hecho obras dello; al contrario, por ella habia comenzado á alzar cabeza y á ser conocido de muchos, que con el dedo me señalaban diciendo : veis aquí al pacífico Lázaro; por ella comencé á tener oficio y beneficio. Si la hija que el arcipreste decia no ser mia, era ó nó, Dios escudriñador de los corazones lo sabe, y podia ser que así como yo me engañé, él pudiera engañarse tambien, como puede suceder que alguno de los que leyendo mis simplicidades riendo se hinche la boca de agua, y las barbas de babas, sustente á los hijos de algun reverendo; trabaje, sude y afane por dejar ricos á los que empobrecen su honra, creyendo por cierto, que si hay mujer honrada en el mundo es la suya; y aun podria ser que el apellido que tienes, amigo lector, de Cabeza de Vaca, lo hubieses tomado de la de un toro. Mas dejando á cada uno con su buena opinion, todas estas buenas consideraciones no bastaron; y así dí una querella contra el arcipreste y contra mi mujer. Como habia dinero fresco, en veinte y cuatro horas los pusieron en la cárcel, á él en la del arzobispo y á ella en la pública. Los letrados me decian no reparase en los dineros que me podia costar aquel negocio, pues todo habia de salir de las costillas del dómine; y así por hacerle más mal, y que fuesen mayores las costas, daba cuanto me pedian. Andaban listos, solícitos y bulliciosos; sentian el dinero como las moscas la miel; no daban paso en vano. En ménos de ocho dias el pleito estuvo muy adelante, y mi bolsa muy atrás. Las probanzas se hicieron con facilidad, porque los alguaciles que los habian preso, los hallaron en fragante delito, y los llevaron á la cárcel en camisa como estaban; los testigos eran muchos y sus dichos verdaderos. Los buenos del procurador, letrados y escribanos,

que conocieron la flaqueza de mi bolsa, comenzaron á
desmayar; de suerte, que para hacerles dar un paso era
menester meterles más espuela que á mula de alquiler;
La remision fué tan grande, que conocida por el arcipreste y los suyos, comenzaron á gallear, untándoles las
manos y los piés; parecian pesas de reloj, que subian á
medida que los mios bajaban. Diéronse tal maña, que
en quince dias salieron de la cárcel bajo fiado, y en
ménos de ocho, con testigos falsos, condenaron al pobre
Lázaro á pedir perdon, en costas y destierro perpétuo
de Toledo.

Pedí perdon, como era justo lo hiciese quíen con
veinte escudos se habia puesto á pleitear con quien los
contaba á espuertas. Dí hasta mi camisa para ayuda de
pagar las costas, saliendo en porreta á cumplir mi destierro; víme en un instante rico, pleiteando contra una
dignidad de la santa iglesia de Toledo, empresa solo para un príncipe; respetado de mis amigos, y puesto en
predicamento de hombre honrado que no sufria moscas
en la matadura; y en el mismo me hallé echado, nó del
paraiso terrenal, cubiertas mis vergüenzas con hojas de
higuera, mas del lugar que más amaba y de donde tantos regalos y placeres habia recibido, cubierta mi desnudez con andrajos que en unos muladares habia hallado. Acogíme al consuelo comun de todos los afligidos,
creyendo que pues estaba en lo más bajo de la rueda de
la fortuna, necesariamente habia de volver á subir.
Acuérdome ahora de lo que oí decir una vez á mi amo el
ciego, que cuando se ponia á predicar era un águila:
que todos los hombres del mundo subian y bajaban
por la rueda de la fortuna, unos siguiendo su movimiento, y otros al contrario, habiendo entre ellos esta diferencia: que los que iban segun el movimiento con la facilidad que subian, con la misma bajaban, y los que al
contrario, si una vez subian á la cumbre, aunque con

6

trabajo, se conservaban en ella más tiempo que los otros. Segun esto, yo caminaba á pelo y con tanta velocidad, que apénas estaba en lo alto, cuando me hallaba en el abismo de todas las miserias. Víme hecho pícaro de más de marca, habiendo sido hasta entónces recoleto; pude muy bien decir : desnudo nací, desnudo me hallo, ni pierdo ni gano.

Encaminéme hácia Madrid pidiendo limosna, que lo sabia muy bien hacer : molinero solia ser, volvime á mi menester. Contaba á todos mis cuitas, unos se dolian y otros se reian de mí, y algunos me daban limosna; con ella, como no tenia hijos ni mujer que sustentar, me sobraba la comida y aun la bebida. Aquel año habian cogido tanto vino, que á las más puertas que llegaba me decian si queria beber, porque no tenian pan que darme; jamás lo rehusé, y así me sucedió algunas veces en ayunas haber envasado cuatro azumbres de vino, con que estaba más alegre que moza en víspera de fiesta. Si he de decir lo que siento, la vida picaresca es vida, que las otras no merecen este nombre; si los ricos la gustasen, dejarian por ella sus haciendas, como hacian los antiguos filósofos, que por alcanzarla dejaban lo que poseian; digo por alcanzarla, porque la vida filósofa y picaral es una mesma; solo se diferencian en que los filósofos dejaban lo que poseian por su amor, y los pícaros sin dejar nada, lo hallan. Aquellos despreciaban sus haciendas, para contemplar con ménos impedimento en las cosas naturales, divinas y movimientos celestes; estos para correr á rienda suelta por el campo de sus apetitos; ellos las echaban en la mar; y estos en sus estómagos; los unos las menospreciaban como caducas y perecederas; los otros no las estimaban, por traer consigo cuidado y trabajo, cosa que desdice de su profesion; de manera que la vida picaresca es más descansada que la de los reyes, emperadores y papas, Por ella quise caminar

como por camino más libre, ménos peligroso y nada
triste.

————

CAPÍTULO IX.

Cómo Lázaro se hizo ganapan.

No hay oficio, ciencia ni arte, que si se ha de saber
con perfeccion no sea necesario emplear la capacidad
del más agudo entendimiento del mundo : á un zapatero
que haya ejercitado treinta años su oficio, decidle que
os haga unos zapatos anchos de puntas, altos de empei-
ne y cerrados de lazo : ¿harálos? Primero que os haga
un par como le pedís, os perderá los piés. Preguntad á
un filósofo por qué las moscas cagan en lo blanco negro, y en lo negro blanco : pararse ha tan colorado, como moza á quien se lo vieron afeitar á la candela, y no
sabrá qué responder; y si á esto responde no lo hará á
otras mil niñerías.

Encontré junto á Illescas un archipícaro : conocílo por
la punta, me llegué á él cemo á un oráculo, para pre-
guntarle el cómo me habia de gobernar en la nueva vida sin perjuicio de barras; respondióme que si queria
salir limpio de polvo y paja, juntase á la ociosidad de
María el trabajo de Marta; á saber : que con ser pícaro
añadiese serlo de cocina, del mandil, del rastro ó de la
soguilla, que era como poner una salvaguardia á la
picardía. Díjome más : que por no haberlo hecho así, al
cabo de veinte años que ejercitaba su oficio, el dia ante-
rior le habian dado doscientos por holgazan; agradecíle
el aviso, y tomé su consejo.

Cuando llegué á Madrid compré una soguilla con que me puse en medio de la plaza más contento que gato con tripas. Dios y enhorabuena, el primero que me engüeró fué una doncella (él me perdone si miento) de hasta diez y ocho años, más relamida que monja novicia; díjome la siguiese; llevóme por tantas calles que pensé lo habia tomado á destajo, ó que se burlaba de mí; al cabo de rato llegamos á una casa, que en el postiguillo, patio y mujercillas que allí bailaban, conocí ser del partido; entramos en su celda, donde me dijo si queria me pagase de mi trabajo ántes que de allí saliese; respondíle, bastaba cuando llegásemos adonde llevaba, el lio; cargué con todo, y encaminándose á la puerta de Guadalajara, allí me dijo se habia de poner en un carro para ir á la feria de Nájera. La carga era ligera, por ser lo más della salserillas, redomas de aceites y aguas; en el camino supe usaba de aquel oficio. El primero que me dió canilla, dijo ella, fué el padre rector de Sevilla, de donde soy natural, el cual lo hizo con tanta gracia, que desde aquel dia le soy muy devota; encomendóme á una beata con quien estuve bien proveida de lo necesario más de seis meses; de allí me sacó un capitan, llevándome de ceca en meca, y de zoca en colodra hasta donde me veis; ¡y pluguiera á Dios jamás hubiera salido de la proteccion de aquel buen padre, que me trataba como á hija y me amaba como si fuera su hermana! Al fin me ha sido necesario trabajar para ganar mi vida. En estas llegamos al carro, que estaba para partir, puse en él lo que llevaba, pidiéndole me pagase mi trabajo. La descosida dijo, que de muy buena gana, y levantando el brazo me dió tan gran bofetada, que me echó en el suelo, diciendo : ¿Es tan bozal que pide dineros á las de mi oficio? ¿No le dije ántes que partiésemos de la casa llana, se pagase en mí si queria? Saltó en el carro como un caballejo; picó dejándome picado, quedé más corrido que mona, sin saber lo que me habia sucedido, considerando que si el fin de aquel oficio era tal como el principio, medraria bien al cabo del año.

No me habia apartado de allí cuando llegó otro carro, que venia de Alcalá de Henares. Saltaron en tierra los que venian dentro, que todos eran putas, estudiantes y frailes. Uno de la órden de San Francisco me dijo si le queria hacer caridad de llevarle su hato hasta su convento : díjele con alegría que sí, porque bien eché de ver que no me engañaria como lo hizo la berrionda. Carguémele, y era tan pesado, que apénas lo podia llevar; más con la esperanza de la buena paga me esforcé. Llegué al monasterio muy cansado porque estaba léjos; tomó el fraile su lio, y diciendo, sea por el amor de Dios, cerrá trás sí la puerta; aguardé allí hasta que saliese á pagarme; mas viendo que tardaba, llamé á la portería. Salió el portero preguntándome lo que queria; díjele me pagase el porte del hato que habia traido; respondióme fuese con Dios, que ellos no pagaban nada, y cerró la puerta diciendo no llamase más, porque era hora de silencio, y que si lo hacia me daria cien cordonazos; quedéme helado. Un pobre de los que estaban en la portería me dijo :

— Hermano, bien se puede ir, que estos padres no tocan dineros, porque viven de mogollon.

— Ellos, repliqué, pueden vivir de lo que quisieren, que mi trabajo me pagarán, ó yo no seré quien soy.

Torné á llamar con gran cólera ; salió el lego motilon con mayoriraty sindecirqué haces ahí, me dió un rempujon, que me echó en el suelo como si fuera pera madura y poniéndose de rodillas sobre mí, me dió media docena de rodillazos y otros tantos cordonazos, con que me dejó magullado, como si hubiera caido sobre mí la torre del reloj de Zaragoza. Quedéme allí tendido más de media hora sin poderme levantar : consideraba mi mala di-

cha, y las fuerzas de aquel irregular tan mal empleadas,
que mejor estuviera sirviendo al rey nuestro señor, que
nó comiendo las limosnas de los pobres; aunque ni para
aquello son buenos, porque son carnes holgazanas. El
emperador Cárlos V mostró bien esto, cuando el general
de los franciscos le ofreció veinte y dos mil frailes para
la guerra, que no pasasen de cuarenta años, y que lle-
gasen á los veinte y dos; el invicto emperador respondió que no los queria, porque habria menester veinte y
dos mil ollas todos los dias para sustentarlos: dando á
entender ser más hábiles para comer que para trabajar,
¡ Dios me lo perdone! que desde aquel dia aborrecí tanto á estos religiosos legos, que me parecia cuando los
veia ver un zángano de colmena, ó una esponja de la
grasa de la olla. Quise pues dejar aquel oficio, mas
aguardé pasasen las veinte y cuatro horas.

CAPÍTULO X.

'De lo que le sucedió á Lázaro con una vieja alcahueta.

Desmayado y muerto de hambre me fuí poco á poco
la calle adelante, y pasando por la plaza de la Cebada
encontré una vieja rezadora con más colmillos que un
jabalí. Llegóse á mí diciendo, que si queria llevarle un
cofre á casa de una amiga suya que estaba cerca de allí,
me daria cuatro cuartos. Cuando lo oi dí gracias á Dios,
que de una boca tan hedionda como la suya salia una
tan dulce palabra como era que me daria cuatro cuartos:
díjele que sí, de muy buena gana, aunque más buena
era la de empuñar aquellos cuatro cuartos, que no de

llevar carga, pues más estaba para ser llevado que para llevar. Cargué el cofre con gran dificultad, porque era grande y pesado : dijome la buena vieja lo llevase con tiento, porque habia dentro unas redomas de aguas que las estimaba en mucho. Respondila no tuviese miedo, que yo iria poco á poco, porque aunque quisiera no pudiera hacer otra cosa, por estar tan hambriento que apénas podia menearme. Llegamos á la casa donde llevábamos el arcon; recibiéronle con grande alegria, particularmente una doncellita cariampollar y repolluda (que tales sean las musarañas de mi cama, despues de bien harto), la cual con rostro alegre dijo queria guardar el cofre en su retrete. Llevélo á él; la vieja le dio la llave diciéndole, lo guardase hasta que volviese de Segovia, adonde iba á visitar una parienta suya, y de donde pensaba volver dentro de cuatro dias. Abrazóla despidiéndose della; dijole dos palabras al oído, de que quedó tan colorada la doncella, que parecia una rosa; y aunque me pareció bien, mejor me hubiera parecido si estuviera harto. Despidióse de todos los de aquella casa, pidiendo perdon al padre y á la madre de la niña del atrevimiento; ellos le ofrecieron su casa para servirse della: dióme cuatro cuartos, diciéndome á la oreja, que á la mañana siguiente volviese á su casa y me haria ganar otros tantos.

Fuime más alegre que una pascua, y que dia de San Juan: cené con los tres, guardando uno para pagar cama. Consideraba la virtud del dinero, que al punto que aquella vieja me dió aquellos pocos cuartos, me hallé más ligero que el viento, más esforzado que Roldan y más fuerte que Hércules. ¡Oh dinero, que no sin razon la mayor parte de los hombres te tienen por Dios¡ Tú eres la causa de todos los bienes, y el que acarreas todos los males. Tú eres el inventor de todas las artes, y el que las conservas en su perfeccion: por tí las ciencas son estimadas y las opiniones defendidas, las ciudades fortalecidas, y sus fuertes torres allanadas, los reinos restablecidos y al mismo tiempo perdidos. Tú conservas la virtud, y tú mismo la pierdes; por tí las doncellas castas se conservan, y las que lo son dejan de serlo: finalmente, no hay dificultad en el mundo que para tí lo sea, ni lo más escondido que no penetres, cuesta que no allanes, ni collado humilde que nos ensalces.

Venida la mañana fuí á casa de la vieja, como me lo habia mandado; díjome volviese con ella á traer el cofre que habia llevado el dia ántes. Dijo á los señores de la casa que volvia por él, porque en el camino de Segovia, á media legua de Madrid, habia encontrado á su parienta que venía con la misma intencion que ella, de verla; y que lo habia de menester luego, á causa de la ropa limpia que en él habia para aposentarla. La niña de la rollona la volvió la llave besándola y abrazándola con más ahinco que la primera vez; y volviéndose á hablar al oído, me ayudaron á cargar mi cofre, que me pareció más ligero que el dia ántes, porque mi vientre estaba más lleno. Bajando por la escalera encontré con un estorbo, que el diablo sin duda habia puesto allí; tropecé y rodando con él bajé hasta el recibimiento, donde estaban los padres de la inocente niña. Rompíme las narices y las costillas. Con los golpes que el diablo del arca dió, se abrió y apareció dentro un galan mancebo, con su espada y daga. Estaba vestido de camino; no tenia herreruelo; las calzas y ropilla eran de raso verde, con plumaje del mismo color; ligas encarnadas con medias de nácar, zapato blanco y alpargatado. Púsose en pié con buen donaire, y haciendo una grande cortesía y reverencia, se salió por la puerta afuera.

Quedaron atónitos de la repentina vision, y mirándose el uno al otro parecian matachines. Habiendo vuelto de su éxtasis, llamaron á gran prisa á dos hijos que tenian

y contándoles el caso con grande alboroto tomaron sus
espadas diciendo: muera, muera, salieron á buscar al
pisaverde; mas como iba de prisa no le pudieron alcanzar. Los padres, que quedaron en casa, cerraron la puerta y acudieron á vengarse de la alcahueta; mas esta,
que habia oido el ruido y sabido la causa, se salió por
una puerta falsa siguiéndola siempre la novia. Halláron-
se burlados y atajados, y bajaron á dar en mí, que estaba derrengado sin poderme mover; que si no fuera por
esto hubiera seguido las pisadas del que me causó tanto
mal. Llegaron los hermanos sudando y jadeando, juran-
do y votando que, pues no habian alcanzado al infame,
habian de matar á su hermana y á la tercera; mas cuan
do les dijeron que se habian ido por la puerta trasera,
allí fué el blasfemar, jurar y renegar. El uno decia:

—¡Que no encontrara yo ahora aqui al mismo diablo
con una caterva infernal, para hacer en ellos tanto es-
trago como si fueran moscas! Venid, venid, diablos; mas
¿para qué os llamo? pues cierto que adónde estais te-
méis mi cólera, y no osaréis poneros delante. ¡Si yo hubiera visto aquel cobarde, con solo soplar, lo hubiera
aventado adonde jamás se hubieran oido nuevas dél!

El otro proseguia:

—¡Si le hubiera alcanzado, el mayor pedazo que del
quedara habia de ser la oreja! mas si está en el mundo,
y aunque no lo esté, no se escapará de mis manos; porque yo lo buscaré, aunque se esconda en las entrañas de
la tierra.

Estas fanfarronadas y fieros decian; y el pobre Lázaro aguardaba que todos aquellos nublados descargarian
sobre él. Más miedo tenia de los muchachos, que habia
diez ó doce, que de aquellos valentones. Chicos y grandes de tropel arremetieron á mí: los unos me daban de
coces, los otros de puñadas; estos me tiraban de los cabellos, y aquellos me bofeteaban. No salió en vano mi

temor, que las muchachas me metian las agujas de á
blanca, que me hacian poner el grito en el cielo; las es-
clavas me pellizcaban, haciéndome ver las estrellas; los
unos decian: matémosle, los otros: mejor será echarlo
en la letrina. El martilleo era tan grande que parecia
majaban granzas, ó mazos de batan, que no cesaban.
Viéndome sin aliento, cesaron de herirme, mas no de
amenazarme. El padre como más maduro, ó como más
podrido dijo me dejasen, y que si yo decia la verdad de
quién era el robador de su honra, no me harian más mal.

No les podia satisfacer su deseo, porque ni sabia quién
era, ni lo habia visto en mi vida hasta que salió del
ataud; pero como no les decia nada, tornaron de nuevo. Alli era el gemir, alli el llorar mi desdicha, alli el
suspirar y renegar de mi corta fortuna, pues siempre
hallaba nuevas invenciones para perseguirme. Dijeles,
como pude, me dejasen, que yo les contaria lo que habia en aquel caso: hiciéronlo, y yo les dije al pié de la
letra lo que pasaba; pero no daban crédito á la verdad.
Viendo que la tempestad no cesaba, determiné engañar-
los, si podia, asi y les prometí de enseñarles el malhe-
chor. Cesaron de martillear sobre mi, ofreciéndome maravillas, preguntáronme cómo se llamaba y dónde vivia:
respondiles que no sabia el nombre, ni ménos el de su
calle; pero que si ellos me querian llevar, porque ir por
mis piés era imposible, segun me habian maltratado, les
enseñaria su casa. Holgáronse dello; diéronme un poco
de vino, con que torné algun tanto en mi, y bien armados me tomaron entre dos, de los sobacos, como á dama
francesa, y me llevaron por Madrid.

Los que me veian decian: á ese hombre lo llevan á la
cárcel; otros, al hospital, y ninguno daba en el blanco.
Iba confuso y atónito sin saber qué hacer ni decir, porque si queria llamar ayuda, habian de dar queja de mi
á la justicia, que la temia más que á la muerte; huir era

imposible, no solo por el quebrantamiento pasado, pero
por ir en medio del padre, hijos y parientes, que para
el caso se habian juntado ocho ó nueve; y iban todos como unos san Jorjes. Cruzamos calles, pasamos callejas,
sin saber adónde estaba, ni adónde los llevaba. Llegamos á la Puerta del Sol, y, por una calle que á ella sale,
vi venir un galancete pisando de punta, la capa por debajo del brazo, con un pedazo de guante en una mano,
y en la otra un clavel, braceando, que parecia primo
hermano del duque del Infantado: hacia mil ademanes
y contorsiones. Al punto le conocí, que era mi amo el
escudero, que me habia hurtado el vestido en Murcia; y
sin duda que algun santo me lo deparó alli (porque yo
no habia dejado ninguno en las letanias que no hubiese
llamado). Como vi la ocasion que me mostraba su calva
asila del copete, y con una piedra quise matar dos pája-
ros, vengándome de aquel fanfarron y librándome de
aquellos sayones. Asi les dije: señores, alerta, que el galan robador de vuestra honra viene aqui, que ha muda-
do de vestido. Ellos, ciegos de cólera, sin hacer más discurso, me preguntaren quién era; señaléselo; arremetieron á él, y asiéndole de los cabezones le echaron en el
suelo, dándole mil coces, puntapiés y mojicones. Uno de
los mozalbillos, hermano de la doncella, le quiso meter
la espada por el pecho; mas su padre lo estorbó, y apellidando á la justicia lo maniataron. Como vi el juego tan
revuelto, y que todos estaban ocupados, tomé las de vi-
lladiego, y lo mejor que pude me escondí. Mi buen escudero me habia conocido, y pensando que eran algunos
deudos mios que le pedian mi vestido, decia: déjenme,
déjenme que yo pagaré dos vestidos; mas ellos le tapa-
ban la boca á puñadas. Ensangrentado, descalabrado y
molido le llevaron á la cárcel, y yo me sali de Madrid,
renegando del oficio, y aun del primero que lo habia in-
ventado.

CAPÍTULO XI.

Como Lázaro se partió para su tierra, y de lo que en el camino
le sucedió.

Quise ponerme en camino, mas las fuerzas no llegaban al ánimo, y asi me detuve en Madrid algunos dias;
no lo pasé mal, porque ayudándome de muletas, no pudiendo caminar sin ellas, pedia limosna de puerta en
puerta, y de convento en convento, hasta que me hallé
con fuerza de ponerme en camino: dime prisa á ello por
lo que oi contar á un pobre, que al sol con otros se estaba espulgando: era la historia del cofre, como la he contado, añadiendo que aquel hombre, que habian puesto
en la carcel pensando era el del arca, habia probado lo
contrario, porque á la hora que habia pasado el caso,
estaba ya en su posada, y persona del barrio le habia
visto con otro vestido del con que lo habian prendido;
más que con todo eso lo habian sacado á la verguenza
por vagamundo, y desterrádolo de Madrid; y asi él como los parientes de la doncella buscaban un ganapan,
que habia sido el que lo habia urdido, con juramento que
el primero que le encontrase lo habia de acribillar á es-
tocadas. Abri el ojo, y púseme en uno un parche, rapán-
dome la barba como cucarro: quedé con tal figurilla seguro de que la madre que me parió no me hubiera conocido. Sali de Madrid con intencion de irme a Tejares
por ver si, tornando al molde, la fortuna me desconoce-
ria. Pasé por el Escorial, edificio que muestra la grandeza del monarca que lo hacia (porque aun no estaba
acabado), tal que se puede contar entre las maravillas
del mundo, aunque no se dirá que la amenidad del
sitio ha convidado á edificarle alli, por ser la tierra muy

estéril y montañosa; pero si la templanza del aire, que
en verano lo es tanto, que con solo ponerse á la sombra
no enfada el calor, ni la frialdad ofende, siendo por ex-
tremo sano.

A ménos de una legua de allí encontré con una compañía de gitanos, que en un casal tenian su rancho
cuando me vieron de léjos, pensaron era alguno de los
suyos, porque mi traje no prometia ménos; mas de cerca se desengañaron. Esquivaronse algun tanto, porque
segun eché de ver, seguian una consulta ó leccion de
oposicion: dijéronme que aquel no era el camino derecho de Salamanca, pero si el de Valladolid Como mis
negociosno me forzaban mas á ir á una parte que á otra
díjeles que, pues asi era, queria antes que volviese á mi
tierra, ver aquella ciudad. Uno de los mas ancianos me
preguntó de dónde era, y sabiendo que de Tejares, me
convidó á comer por amor de la vecindad de los lugares, porque él era de Salamanca; admití el convite, y
por postres me pidieron les contase mi vida y milagros.
Hicelo, sin hacerme, de rogar, con las mas breves y sucintas palabras que cosas tan grandes permitian. Cuando
llegué á tratar de la cuba, y de lo que en Madrid me habia sucedido en casa de un mesonero, dióles muy gran
risa, particularmente á un gitano y á una gitana, que
daban las carcajadas de mas de marca. Comencé á co-
rrerme poniéndome colorado; el gitano compatriota, que
conoció mi corrimiento, dijo:

— No se apure, hermano, que estos señores no se rien
de su vida, siendo ella tal que pide antes admiracion
que risa; y pues tan por extenso nos ha dado cuenta
della, justo es le paguemos en la misma moneda, fian-
donos de su prudencia, como él lo ha hecho de la nuestra; y si estos señores me dan licencia contarle he de
dónde la risa procedió.

Todos le dijeron la tenia, pues sabian que su mucha

7

discrecion y experiencia no le dejarian pasar los límites
de la razon.

— Sepa pues, prosiguió él, que los que allí rien y car-
cajean, son la doncella y clérigo, que saltaron por la
ventana *in puribus*, cuando el diluvio de su cuba los
quiso anegar: ellos, si gustan, la contarán los arcaduces
por donde han venido al presente estado.

La gitana flamante pidió licencia, captando la benevo-
lencia del ilustre auditorio, y así con voz sonora, repo-
sada y grave relató su historia del modo siguiente:

— El dia que salí ó salté, por mejor decir, de casa de
mi padre y me llevaron á la trena, me pusieron en un
aposento mas oscuro que limpio, y mas hediondo que
adornado; al dómine Urvez, que está presente y no me
dejara mentir, le metieron en el calabozo, hasta que dijo ser clérigo, que del mismo lo remitieron al señor obispo de anillo, que le dió una muy grande reprension por
haberse pensado ahogar en tan poca agua y haber dado
tal escándalo; pero con la promesa que hizo de ser mas
cauto, y de atar su dedo de modo que la tierra no supiese sus entradas y salidas, le soltaron, mandándole no
dijese misa en un mes. Yo quedé en guarda del alcaide,
que como era mozo y galan, y yo niña, y no de mal talle, me bailaba el agua delante. La carcel era para mi
jardin y Aranjuez de deleites; mis padres, aunque indi-
gnados de mi libertad, hacian lo que podian para que la
tuviese; pero en vano, porque el alcaide ponia los me-
dios posibles para que no saliese de su poder. El señor
licenciado, que está presente, andaba alrededor de la
carcel como perro de muestra, por ver si podia hablar-
me; hizolo por medio de una buena tercera, que era un
águila en el oficio, vistiéndole con una saya y cuerpo de
una criada suya, y poniéndole un rebozo por la barba,
como si tuviera dolor de muelas. De la vista resultó la
traza de mi salida. La noche siguiente se hacia un sarao

en casa, del conde de Miranda, y al final habian de dan-
zar unos gitanós. Con ellos se concertó Canil (que así se
llama ahora el señor vicario) para que le ayudasen en
sus pretensiones: hiciéronlo tan bien que, mediante su
industria, gozamos de la libertad deseada, y de su compañia, que es la mejor de la tierra. La tarde antes del
sarao hice al alcaide mas monerias que gata tripera, y
mas promesas que el que navega con borrasca: obliga-
de dellas respondió no con ménos, rogándome le pidiese
que mi boca seria la medida, como no fuese carecer de
mi vista. Agradecíselo mucho, diciéndole, que el carecer de la suya seria para mí el mayor mal que me podia
venir. Viendo la mia sobre el hito, roguéle que aquella
noche, pues podia, me llevase á ver el sarao: parecióle
cosa dificultosa; pero por no desdecirse, y porque el cie-
guecillo le habia tirado una flecha, me lo prometió. El
alguacil mayor estaba tambien enamorado de mi, y habia encargado á todas las guardas, y al mismo alcaide
tuviesen cuenta con mi regalo, y que ninguno me tras-
pusiese: por hacerlo mas secreto me vistió como paje,
con un vestido de damasco verde, pasamanos de oro; el
bohemio de terciopelo del mismo color, forrado de raso
amarillo; una gorra con garzota y plumas, con un cintillo de diamantes; una lechuguilla con puntas de encaje;
medias pajizas, con ligas de gran balumba; zapatillo
blanco picado, y espada y daga dorada á lo de aires bo-
la.

Llegamos á la sala donde habia infinidad de damas y
caballeros: ellos galanes y bizarros, y ellas gallardas y
hermosas; habia muchos arrebozados y embozadas. Canil estaba vestido á la valentona, y en viéndome, se me
puso al otro lado, de manera que yo estaba en medio
del alcaide y dél. Comenzó el sarao, donde vi cosas que,
por no hacer á mi cuento, dejaré; salieron los gitanos á
bailar y voltear; sobre las vueltas se asieron dos dellos

de palabras, y de unas en otras, desmintió el uno al otro
El desmentido le respondió con una cuchillada en la cabeza, haciéndole echar tanta sangre della, que parecia
habian muerto un buey. Los asistentes, que hasta entónces habian pensado ser burlas, se alteraron, gritando
aquí de la justicia. Los ministros della se alborotaron;
todos los circunstantes metieron mano á las espadas; yo
saqué la mia y, cuando me vi con ella en la mano, me
puse á temblar de miedo della. Prendieron al delincuente, y no faltó quien, echado para ello, dijese que estaba
allí el alcaide á quien lo podian entregar; el alguacil
mayor le llamó para encargale el homicida. Quisiera llevarme consigo; pero por miedo que no me conociesen
me dijo me retirara á un rincon, que me mostró, y que
no me apartase de allí hasta que él volviese.

Cuando ví aquella ladilla despegada de mí, tomé de
la mano al dómine Canil, que estaba sin moverse de mi
lado, y en dos brincos salimos á la calle, donde halla-
mos á uno destos señores, que nos encaminó á su rancho.
Cuando el herido, que ya todos tenian por muerto, echó
de ver que estaríamos libres, se levantó diciendo : señores, basta de burla, que yo estoy sano, y esto no ha sido
sino para alegrar la fiesta. Quitóse una caperuza, dentro
de la cual estaba una vejiga de buey, que encima de un
buen casco acerado tenía llena de sangre preparada, y
con la cuchillada se habia reventado. Todos comenzaron
á reir de la burla, sino el alcaide, para quien fué muy
pesada : torció al lugar señalado, y no hallándome en
él, comenzó á buscarme preguntando á una gitana vieja,
si habia visto un paje de tales señas. Ella, que estaba
advertida, le dijo que sí, y que le habia oido decir,
cuando salió de la mano con un hombre, vámonos á re-
tirar á San Felipe; fuése con grande prisa á buscarme,
mas en vano, porque él iba hácia Oriente, y nosotros
huíamos al Occidente. Antes que saliésemos de Madrid,

habíamos trocado mi vestido, y del que me dieron encima doscientos reales; vendí el cintillo en cuatrocientos
escudos; dí á estos señores, en llegando, doscientos,
porque así se lo habia prometido Canil. Este es el cuento
de mi libertad, si el señor Lázaro quiere otra cosa, mande, que en todo se le servirá como su gallarda presencia
merece.

Agradecíle la cortesía, y con la mejor que pude me
despedí de todos; el buen viejo me acompañó media legua; preguntéle en el camino si los que estaban allí eran
todos gitanos nacidos en Egipto; respondióme que maldito el que habia en España, pues que todos eran clérigos, frailes, monjas ó ladrones, que habian escapado de
las cárceles, ó de sus conventos; pero que entre todos,
los mayores bellacos eran los que habian salido de los
monasterios, mudando la vida contemplativa en activa.
Tornóse con esto á su rancho, y yo á caballo en la
mula de san Francisco me dirigí á Valladolid.

CAPÍTULO XII.

De lo que le sucedió á Lázaro en una venta, una legua ántes de
Valladolid.

¡Qué rumiar llevé para todo el camino de mis buenos
gitanos, de su vida, costumbres y tratos! Espantábame
mucho cómo la justicia permitia públicamente ladrones
tan al descubierto, sabiendo todo el mundo que su trato
y contrato no es otro que el hurto. Son un asilo y añagaza de bellacos, iglesia de apóstatas y escuela de maldades; particularmente me admiré de que los frailes
dejasen su vida descansada y regalona por seguir la

desastrada y aperreada del gitanismo; y no hubiera
creido ser verdad lo que el gitano me dijo, si no me
hubiera mostrado á un cuarto de legua del rancho, detrás
de las paredes de un arrañal, un gitano y una gitana,
él rehecho y ella carillena; él no estaba quemado del
sol, ni ella curtida de las inclemencias del cielo. El uno
cantaba un verso de los salmos de David, y la otro respondia con otro : advirtióme el buen viejo, que aquellos
eran fraile y monja, que no habia más de ocho dias que
habian venido á su congregacion con deseo de profesar
más austera vida.

Llegué á una venta, una legua ántes de Valladolid, en
cuya puerta ví sentada á la vieja de Madrid con la don
cellita de marras; salió mi galancete á llamarlas para
que entrasen á comer; no me conocieron por ir tan dis-
frazado, siempre con mi parche en el ojo y mis vestidos
á lo bribonesco; mas yo conocí ser el Lázaro que habia
salido del monumento que tanto me habia costado.
Púseme delante dellos, para ver si me darian algo; no
me podian dar, pues no tenian para ellos. El galan, que
habia servido de despensero, fué tan liberal, que para
él, para su enamorada y para la vieja alcahueta habia
hecho aderezar un poco de hígado de puerco con una
salsa : todo lo que habia en el plato lo hubiera yo tras-
palado en ménos de dos bocados. El pan era tan negro
como los manteles, que parecian túnica de penitente ó
barredero de horno : coma, mi vida, le decia el señor,
que este manjar es de príncipes; la tercera comia y ca-
llaba, por no perder tiempo; y por ver que no habia
para tantos envites, comenzaron á fregar el plato que le
quitaban el betun; acabada la triste y pobre comida, que
más hambre que hartura les habia causado, el señor
enamorado se excusó con decir que la venta estaba mal
provista. Viendo que allí no habia nada para mí, pregunté al huésped si habia que comer, díjome que segun

la paga. Quísome dar una poca de asadura; preguntéle
si tenia otra cosa, ofrecióme un cuartillo de cabrito que
aquel enamorado no habia querido por ser caro; quise
hacerles un fiero, y así dije me le diese : púseme con él
á los piés de la mesa, donde era de ver el mirar dellos :
á cada bocado tragaba seis ojos, porque los del enamorado, los de la señora y los de la alcahueta estaban cla-
vados en lo que comia.

— ¿Qué es esto? dijo la doncella, ¿aquel pobre come
un cuartillo de cabrito, y para nosotros no ha habido
más que una pobre patorrilla?

El galan respondió habia pedido al huésped algunas
perdices, capones ó gallinas, y que habia dicho no tenia
otra cosa que darle; yo que sabía el caso, y que, por no
gastar ó por no tener de qué hacerlo, les habia hecho
comer con dieta, quise comer y callar : parecia aquel
cabrito piedra imán; cuando ménos me caté, los hallé á
todos tres encima de mi plato; la sin vergüenza cachon-
dilla tomó un bocado y dijo :

— Con vuesa licencia, hermano ; y ántes de tenerla, yà
lo habia metido en la boca; la vieja replicó :

— No le quiteis á este pecador su comida.

— No se la quitaré, dijo ella, porque yo se la pienso
pagar muy bien ; y diciendo y haciendo comenzó á comer
con tanta prisa y rabia, que parecia no lo habia hecho
en seis dias. La vieja tomó un bocado por probar qué
gusto tenia ; el galan diciendo, esto les agrada tanto, se
hinchó la boca con un tasajo como un puño. Viendo
pues que se desmandaba, tomé todo lo que habia en el
plato y me lo metí de un bocado; como era tan grande,
no podia ir atrás ni adelante.

Estando en este conflicto, entraron por la puerta dos
caballeros armados con jacos, casquetes y rodelas; traia
cada uno un pedreñal al lado y otro en el arzon de la
silla; apeáronse dando las mulas á un criado de á pié;

dijeron al huésped si habia algo que comer; él les dijo
habia muy buen recado, y que entre tanto que lo ade-
rezaba, si sus mercedes se servian, podian entrarse en
aquella sala. La vieja, que al ruido habia salido á la
puerta, entró con las manos en la cara, haciendo mil
inclinaciones, como fraile novicio; hablaba por eco;
retorcíase hácia una y otra parte, como si estuviera de
parto, dijo lo más bajo y mejor que pudo : ¡perdidos somos! los hermanos de Clara (que este era el nombre de
la doncelluela) están en el portal.

La mozuela comenzó á desgreñarse y mesarse, dán-
dose tan grandes bofetadas, que parecia endemoniada.
El galancete, que era animoso, las consolaba diciendo
no se afligiesen, que donde él estaba no habia de qué
temer : yo, atisbando, con la boca llena de cabrito,
cuando oi que aquellos valentones estaban allí, pensé
morir de miedo, y lo hubiera hecho; mas como mi
gaznate estaba cerrado, el alma se tornó á su lugar, por
no hallar la puerta abierta. Entraron los dos Cides, y al
punto que vieron á su hermana y á la alcahueta, dijeron
gritando : aquí están, aquí las tenemos, aquí morirán.
A los gritos fué tal mi espanto, que dí en el suelo; con
el golpe eché el cabrito que me ahogaba. Pusiéronse las
dos detrás del caballerejo, como pollos debajo de las
alas de la gallina cuando huyen del milano; él con
gentil ánimo metió mano á su espada, y se fué para ellos
con tanta furia, que de espanto se quedaron hechos dos
estatuas : heláronseles las palabras en la boca, y las espadas en las vainas. Preguntóles qué querian ó qué buscaban, y diciendo esto, arremetió al uno y le sacó la espada, poniéndosela en los ojos, y la otra al otro; á cada
movimiento que él hacia con las espadas, temblaban
como las hojas en al árbol.

La vieja y la hermana, que vieron tan rendidos á los
dos Roldanes, se llegaron á ellos, y los desarmaron; el

ventero entró al ruido que todos hacíamos (porque ya yo
me habia levantado y tenia al uno de la barba). Parecióme aquello á los toros uncidos de mi tierra, que
cuando los muchachos los ven huyen dellos; mas poco
á poco se les atreven, y conociendo que no son bravos
ni lo parecen, se les llegan tan cerca, que perdido el temor les echan mil estropajos. Como ví que aquellas
madagañas no eran lo que parecian, me animé y acometí á ellos, con más ánimo que mi mucho temor pasado
permitia. ¿Qué es esto? dijo el huésped, ¿en mi casa
tanto atrevimiento? Las mujeres, el caballerete y yo
comenzamos á gritar, diciendo eran ladrones que nos
venian siguiendo para robarnos; el ventero, que los vió
sin armas, y á nosotros con la victoria, dijo : ¿ladrones
en mi casa? y echó mano dellos, y ayudándole nosotros
los metió en un sótano, sin valerles razon que alegasen
en contrario. El criado de los dos, que venía de dar recado á las mulas, preguntó por sus amos, y el ventero le
puso con ellos; tomó sus maletas, cojines y porta-man-
teos, y los encerró; repartiéndonos las armas, como si
fueran suyas, no nos pidió nada de la comida porque
firmásemos la sumaria que contra ellos habia hecho, en
que como ministro de la inquisicion, que decia era, y
como justicia de aquel pago, condenó á los tres á galeras
perpetuas, y á doscientos azotes alrededor de la venta.
Apelaron á la chancillería de Valladolid, adonde el buen
mesonero con tres criados suyos los llevaron, y cuando
los desdichados pensaron estar delante de los señores
oidores, se hallaron delante de los inquisidores; porque
el taimado ventero habia puesto en el proceso algunas
palabras que ellos habian dicho contra los oficiales de
la santa inquisicion (crímen imperdonable). Pusiéronlos
en oscuros calabozos, de donde, como ellos pensaron, no
pudieron escribir á su padre, ni avisar á persona alguna
para que los ayudasen. y donde los dejaremos bien

guardados para tornar á nuestro huésped, que lo encontramos en el camino.

Díonos como les señores inquisidores le habian mandado hiciese parecer ante ellos á los testigos que firma-
ban en el proceso; pero que él como amigo nos avisaba
nos escondiésemos. La doncellita le dió una sortija que
tenia en su dedo, rogándole hiciese de modo que no fué-
semos á su presencia; prometióselo; el ladron habia
dicho aquello por hacernos huir, porque si quisiesen oir
los testigos, no se descubriese su bellaquería (que no era
la primera). Dentro de quince dias se hizo auto público
en Valladolid, donde ví salir entre los otros penitentes á
los tres pobres diablos, con mordazas en las bocas, como
blasfemos que habian osado poner la lengua en los ministros de la santa inquisicion, gente tan santa y per-
fecta como la justicia que administran. Llevaban corozas
y un sambenito cada uno, en que iban escritas sus maldades y las sentencias que por ellas les daban : pesóme
de ver aquel pobre mozo de mulas, que pagaba lo que no
debia; de los otros no tenia tanta lástima, por la poca
que de mí habian tenido. Confirmaron la sentencia del
huésped, añadiendo á cada uno trescientos azotes, de
manera que les dieron quinientos, y los enviaron á galeras, donde se les pasaron los fieros y bravatas. Yo busqué
mi fortuna : muchas veces encontré en el prado de la
Magdalena á las dos amigas, sin que jamás me hubiesen
conocido, ni supiesen que yo las conocia. Al cabo de
pocos dias ví á la doncellica de religiosa en la casa de
poco trigo, donde ganaba para sustentar á su respeto y á
ella; la vieja ejercitaba su oficio en aquella ciudad.

CAPÍTULO XIII

Cómo Lázaro sirvió de escudero á siete mujeres juntas.

Llegué á Valladolid con seis reales en la bolsa, porque la gente, que me veia tan flaco y descolorido, me daba limosna con mano franca, y yo la recibia no con escasa : fuíme derecho á la ropería, donde por cuatro reales y un cuartillo compré una capa larga de bayeta, que habia sido de un portugués, tan raida como rota y descosida. Con ella, y con un sombrero alto como chimenea, ancho de alas, como de francisco, que compré por medio real, y con un palo en la mano, me paseaba por el lugar; los que me veian se burlaban de mí, cada uno me decia su apodo; los unos me llamaban filósofo de taberna; otros : veis allí á san Pedro vestido en víspera de fiesta; otro : ¡ah señor ratiño! ¿Quiere sebo para sus botas? No faltó quien dijese parecia alma de médico de hospital; yo hacía orejas de mercader, y pasaba por todo. A pocas calles andadas encontré con una mujer de verdugado y chapines de más de marca, puesta la mano en la cabeza de un muchacho, un manto de soplillo, que la cubria hasta los pechos : preguntóme si sabía de un escudero; respondíle no sabía de otro sino de mí, y que si le agradaba podia disponer como de cosa propia. Concertéme con ella en dame acá esas pajas; prometióme tres cuartillos de racion y quitacion; tomé posesion del oficio dándole el brazo; arrojé el palo, porque no tenía dél necesidad, pues solo lo traia para mostrarme enfermo y mover á piedad. Envió el niño á cása, mandándole dijese á la moza tuviese la mesa puesta y la comida aderezada; trújome más de dos horas de ceca en meca, y de zoca en colodra : á la primera visita que llegamos me advirtió la señora, que cuando ella llegase me habia

de adelantar á la casa adonde iba, preguntando por la
señora ó señor de la casa, y decir : Juana Perez, m
señora, que este era su nombre, quiere besar á su merced las manos; advirtióme tambien que jamas me habia
de cubrir delante della, cuando estuviese parada en
alguna parte. Díjele que yo sabía la obligacion de un
criado, y así cumpliria con ella. Grande era el deseo
que tenía de ver la cara de mi ama reciente; mas no
podia, por ir rebozada; díjome que no me podia tener
solo para ella; pero que buscaria algunas vecinas suyas
á quien sirviese, entre las cuales me darian la racion
que me habia prometido, y que entre tanto que todas
no concurriesen, que sería con brevedad, ella me daria
su parte. Preguntóme si tenía dónde dormir; respondíle
que no : no os faltará, dijo ella, porque mi marido es
sastre, y os acomodaréis con los mancebos : no podíais,
prosiguió, hallar en la ciudad mejor comodidad, porque
ántes de tres dias tendréis seis señoras, que cada una os
dará un cuarto.

Quedé medio atónito al ver la gravedad de aquella
mujer, que parecia por lo ménos lo era de algun caballero pardo, ó de algun ciudadano rico; espantóme tambien de ver que para ganar tres pobres cuartillos cada
dia habia de servir á siete mujeres; pero consideré que
valia más algo que nada, y que aquel no era oficio tra-
bajoso, de lo que yo huia como del diablo; porque
siempre quise más comer berzas y ajos sin trabajar, que
capones y gallinas trabajando. Diome el manto y los
chapines en llegando á casa, para que los diese á la
criada; ví lo que deseaba; no me dejó de agradar la mu-
jercilla; era briosa, morenica y de buen talle : solo me
desagradó que la relucia la cara como cazuela barniza-
da; dióme el cuarto, diciendo acudiese cada dia dos vc-
ces, una á las ocho de la mañana, y otra á las tres de la
tarde, para ver si ella queria salir de casa. Fuíme á una

pastelería, y con un pastel de á cuarto dí fin á mi racion. Todo lo demás del dia pasé como camaleon, porque ya habia acabado la limosna que en el camino me
habian dado, y no osaba ponerme á pedirla porque si
mi ama lo supiera me comiera. Fuí á su casa á las tres;
díjome que no queria salir, pero que me advertia que
de allí adelante no me pagaria el dia que no saliese,
y que si no salia más de una vez al dia, no me daria más
de dos maravedises; más me dijo : que pues ella me daba cama, la habia de preferir á las demas, intitulándome
por su criado. La cama era tal, que merecia bien esto y
más : hizome dormir con los aprendices encima de una
gran mesa, sin maldita otra cosa que una manta raida
para cubrirnos : pasé dos dias con la miseria que con
cuatro maravedises podia comprar; al cabo dellos entró
en la cofradía la mujer de un zurrador, que regateó más
de una hora los dos ochavos. Finalmente, en cinco dias
tuve siete amas, y de racion siete cuartos.

Comencé á comer espléndidamente, bebiendo, no de lo
peor, aunque no de lo más caro, por no tender la pierna
más de hasta donde llegaba la sábana. Las otras cinco
dueñas eran una viuda de un corchete, la mujer de un
hortelano, una sobrina, que decia ser, de un capellan de
las Descalzas, moza de buen fregado, y una mondonguera, que era á quien yo más queria, porque siempre que
me daba el cuarto, me convidaba con caldo de mondon-
go, y ántes que de su casa saliese habia envasado tres ó
cuatro escudillas con que pasaba una vida que Dios nunca me la dé peor. La última era una beata : con esta
tenia más que hacer que con todas, porque jamas hacia sino visitar frailes, con quienes cuando estaba
á solas, no habia juglar como ella; su casa parecia
colmena : unos entraban, otros salian, y todos le traian
las mangas llenas, y á mí, porque fuese fiel secretario,
me daban algunos pedazos de carne, que de su racion

se metian en las mangas. ¡En mi vida he visto mayor hipócrita que esta! Cuando iba por las calles, no alzaba los ojos del suelo, no se le caia el rosario de la mano, siempre lo rezaba por la calle : todas las que la cono- cian la pedian rogase á Dios por ellas, pues que sus ora- ciones eran tan aceptas; ella las respondia era una gran- de pecadora, y no mentia, que con la verdad engañaba. Cada una destas mis amas tenia su hora señalada; cuando me decian no querer salir de casa, iba á la otra, hasta que acababa mi tarea; señalábanme el tiempo en que debia volver á buscarlas, y esto sin falta, porque si por malos de mis pecados tardaba un poco, la señora de- lante de las que estaban en la visita me decia mil perre- rías, y me amenazaba, que si continuaba en mis des- cuidos, buscaria otro escudero más diligente, cuidadoso y puntual. Quien la oia gritar y amenazar con tanto or- gullo, sin duda creia me daba cada dia dos reales, y de salario cada año treinta ducados. Cuando iban por las calles, parecian la mujer del presidente de Castilla, ó por lo ménos de un oidor de la chancillería. Sucedió un dia que la sobrina del capellan y la corcheta se encontra- ron en una iglesia, y queriéndose volver la dos á sus casas á un mismo tiempo, sobre á quién habia yo de acompañar la primera hubo una riña tan grande, que parecia estábamos en el horno, tiraban de mí la una por un cabo, la otra por otro, con tanta rabia que me despe- dazaron la capa. Quedé en pelota, porque debajo della maldita otra cosa tenia, sino un andrajo de camisa, que parecia red de pescar. Los que veian las carnes que por la desgarrada camisa descubria, reian á boca llena: la iglesia parecia taberna. Los unos se burlaban del pobre Lázaro. Los otros escuchaban á las dos damas, que desenterraban sus abuelos. Con la prisa que tenia de recoger los peda- zos de mi capa, que de maduros se habian caido, no pude escuchar lo que se decian; solo oí decir á la viuda :

— ¿De donde le viene á la piltrafa tanto toldo? Ayer era moza de cántaro y hoy lleva ropa de tafetan, á costa de las ánimas del purgatorio.

La otra le respondia :

— Ella la muy descosida la lleva de burato, ganada con un *Deo gratias y sea por amor de Dios*, y si yo era moza de cántaro, ella lo es hoy *de jarro*.

Los presentes las separaron, que se habian ya comenzado á asir de la melena. Acabé de recoger los pedazos de mi pobre herreruelo, y pidiendo dos alfileres á una que se halló allí lo acomodé como pude, con que cubrí mis verguenzas; dejélas riñendo, y fuíme á casa de la sastresa, que me habia mandado acudiese á acompañarla á las once, porque habia de ir á comer á casa de una amiga suya. Cuando me vió tan mal tratado me dijo gritando :

— ¿Pensais ganar mis dineros, y venir á acompañarme como un pícaro? Con ménos de lo que os doy á vos podria tener otro escudero con calzas atacadas, bragueta, capa y gorra; y vos no haceis sino borrachear lo que os doy.

¡Qué borrachear, decia yo entre mí, con siete cuartos que gano el dia que más, pasando muchos que mis amas por no pagar un cuarto no querian salir de su casa! Hízome hilvanar los pedazos de mi capa, y con la prisa que se daban, pusieron unos pedazos de abajo arriba : de aquella manera fuí á acompañarla.

CAPÍTULO XIV.

Donde Lázaro cuenta lo que le pasó en un convite.

Ibamos á paso de fraile convidado, porque la señora temia que no habria harto para ella; llegamos á casa de

su amiga, donde habia otras mujeres de las convidadas;
preguntaron á mi ama si era yo capaz para guardar la
puerta; díjoles que sí: dijéronme : quedaos, hermano,
que hoy sacareis el vientre de mal año. Acudieron muchos galancetes, sacando cada uno de su faltriquera,
cuál una perdiz, cuál una gallina: uno sacaba un conejo,
otro un par de palominos, este un pedazo de carnero,
aquel un pedazo de solomo, sin faltar quién sacase longaniza ó morcilla; tal hubo que sacó un pastel de á real
envuelto en su pañuelo, diéronlo al cocinero, y entre
tanto retozaban con las señoras, y daban en ellas como
asno en centeno verde : lo que allí pasó no me es lícito
decirlo, ni al lector contemplarlo. Acabada esta comedia
vino la comida; las señoras comieron los *Kyries* y los
galanes bebieron el *Ite misa est.* No quedaba nada en la
mesa que las damas no metiesen en sus faltriqueras, en-
volviéndolo en sus mocadores; sacaron los postres los
galanes de las suyas; unos manzanas, otros queso, acei-
tunas, y uno dellos, que era el gallo y el que se las daba con la sastresa, sacó media libra de confitura. Mucho
me agradó aquel modo de tener la comida tan cerca de
sí para una necesidad, y propuse de allí en adelante hacer tres ó cuatro faltriqueras en las primeras calzas que
Dios me deparase, y una dellas de buen cuero, bien cosida para meter el caldo; porque si aquellos caballeros,
que eran tan ricos y principales, lo traian todo en su
faltriquera, y las señoras lo llevaban cosido en las suyas, yo, que no era sino un escudero de piltrafas, lo podia bien hacer.

Fuimonos á comer los criados, y maldita otra cosa
habia para nosotros sinó caldo y sopas, que me espantó
cómo aquellas damas no se las metieron en las mangas.
No habíamos apénas comenzado, cuando oimos gran
ruido en la sala donde estaban nuestros amos; disputaban quiénes habian sido sus mujeres, y quiénes eran los

maridos dellas; dejando atrás las palabras, vinieron á las manos, y entre col y col lechuga, dábanse puñadas, bofetadas, pellizcos, coces, bocados : desgreñábanse, mesábanse y daban tantos mojicones, que parecian muchachos de aldea cuando van á procesion. La riña se comenzó, segun pude entender, porque algunos dellos no querian dar ni pagar nada á aquellas señoras diciéndoles bastaba lo que habian comido. Sucedió que la justicia pasaba por la calle, y oido el ruido, llamaron á la puerta, diciendo : abran á la justicia. Oida esta palabra, huyeron los unos por aquí los otros por allí; unos dejaban los herreruelos, los otros las espadas; esta dejaba los chapines, aquella el manto, de manera que todos desaparecieron, escondiéndose cada uno lo mejor que pudo. Yo, que no tenia por qué huir, estúveme quedo, y como era portero abrí, porque no me achacasen hacia resistencia á la justicia. El primer corchete que entró me asió de los cabezones, diciendo fuese preso por la justicia; teniéndome asido, cerraron la puerta y fueron á buscar á los que hacian el ruido; no dejaron aposento, retrete, sótano, bodega, desvan ni letrina que no registrasen. Como no hallaron á nadie, me tomaron el dicho, confesé de pe á pa los que habia en la compañía y lo que habian hecho; espantáronse que habiendo tantos como yo decia, no pareciese ninguno. Si va á decir la verdad, yo mismo me espanté dello, habiendo doce hombres y seis mujeres; con mi sencillez les dije (y aun lo creia) que pensaba fuesen trasgos todos los que allí habian estado, y hecho aquel ruido; riéronse de mí y el alguacil dijo á los que habian bajado á la bodega, si habian mirado bien todo; hizo encender una hacha, y entrando por la puerta, vieron rodar una cuba.

Espantados los corchetes echaron á huir, diciendo : ¡por Dios que es verdad lo que este hombre dice, que aquí no hay sino duendes! El alguacil, que era mas astuto, los detuvo diciendo no temia al diablo; fuése á la cuba, y destapándola halló dentro un hombre y una mujer : no quiero decir cómo los halló, por no ofender las castas orejas del benigno y escrupuloso lector; solo digo qué la violencia de su accion habia hecho rodar la cuba, y fue causa de su desgracia, y de mostrar en público que hacian en secreto; sacáronles fuera; él parecia á Cupido con su flecha, y ella á Vénus con su aljaba. El uno y el otro desnudos como su madre los parió, porque cuando la justicia llamó estaban en una cama haciendo las paces, y con el alarma no habian tenido lugar de tomar sus vestidos, y por esconderse se habian metido en aquella cuba vacía, donde proseguian su devoto ejercicio. Dejó admirados á todos la hermosura de los dos; echáronles dos capas, entregándolos á dos corchetes para que los guardaran; pasaron delante á buscar á los otros; descubrió el alguacil una tenaja de aceite, donde halló un hombre vestido; el aceite le llegaba á los pechos : al punto que lo descubrieron quiso saltar fuera; mas no lo hizo tan diestramente que la tenaja y él no diesen en el suelo. Saltó el aceite hasta los sombreros de los ministros de la justicia, y sin respeto los manchó; renegaban del oficio y aun de la puta que se lo habia enseñado. El aceitado, que vió que ninguno le acometia, ántes todos huian dél como de apestado, dió á huir; el alguacil gritaba : ténganlo, ténganlo, más todos le hacian lugar; fuése por una puerta falsa meando aceite; de lo que sacó de su vestido hizo arder la lámpara de nuestra Señora de las Congojas màs de un mes. La justicia quedó bañada en aceite; renegaban de quien allí los habia traido, y yo tambien, porque decian era el alcahuete, y como tal me habian de emplumar; salieron como buñuelos de la sarten, dejando rastro por donde iban.

Estaban tan enojados, que juraron á Dios y á los cua-

tro sacrosantos Evangelios habian de hacer ahorcar á
todos los que hallasen ; temblábamos los presos ; fuéron
á los alhorines á buscar otros ; entraron dentro, y de
encima de una puerta derramaron una talega de harina,
con que cegaron á todos los que dentro estaban ; daban
voces diciendo : ¡ resistencia á la justicia ! Si querian
abrir los ojos, al punto se los cerraban con agua y harina ; los que nos tenian nos dejaron para ir a socorrer al
alguacil, que gritaba como un loco. Apénas habian entrado cuando les taparon los ojos con harina y agua :
andaban como gallinas ciegas ; encontrábanse los unos
con los otros, y se descargaban golpes, que se rompian
las mejillas, dientes y muelas ; como los vimos de ven-
cida, dimos todos en ellos, y ellos mismos en sí propios,
tanto que de cansados cayeron en el suelo, donde llovian
golpes sobre ellos y granizaban coces. No gritaban ni se
meneaban, como si estuvieran muertos ; si alguno queria abrir la boca para ello, al punto se la hinchian de
harina, embutiéndolos como á capones en caponera :
atámosles las manos y piés, y arrastrando como puercos los llevamos á la bodega, echándoles en el aceite
como peces á freir ; revolcábanse como lechones en cenagal ; cerramos las puertas, yéndose cada uno á su casa.
El amo de aquella vino, que estaba en el campo, y hallando las puertas cerradas y que ninguno respondia,
porque una sobrina suya, que era la que habia pres-
tado su casa para hacer aquel convite, se habia ido
á la de su padre, por temer á su tio, hizo descerrajar las
puertas, y cuando vió su casa sembrada de harina y un-
tada de aceite, se enojó tanto que daba voces como un
borracho ; fué á la bodega, donde halló su aceite derramado y á la justicia que se revolcaba ; con la rabia que
tenia de ver su hacienda desperdiciada, tomó un garrote
y dió tantos palos al alguacil y corchetes, que los dejó
medio muertos ; llamó á sus vecinos, y entre todos los

sacaron á la calle, donde los muchachos les tiraban lodo,
estropajos y suciedades : estaban tan llenos de harina
que nadie los conocia.

Cuando tornaron en sí y se vieron en la calle libres,
se fuéron huyendo ; entónces se podia decir : tengan a
la justicia, que huye ; dejaron sus herreruelos, espadas
y dagas, sin osar jamás volver por ellas, porque nadie
supiese el caso. El amo de aquella casa se quedó con todo
por el daño que habia recibido. Cuando yo salí para
irme, encontré con una capa, no mala ; dejé la mia y
tomé aquella ; daba gracias á Dios, que habia salido
medrado de aquella jornada (cosa nueva para mí), pues
siempre iba con las manos en la cabeza) ; fuíme á casa
de la sastresa ; hallé la casa revuelta, y al sastre su marido que la molia á palos, por haber venido sola sin
manto ni chapines, corriendo por la calle con más de
cien muchachos tras ella. Llegué á buena hora, porque
al punto que el sastre me vió dejó á su mujer, y embistió
conmigo, dándome una puñada con que me acabó de
quitar los dientes que tenía. Dióme diez ó doce coces
que me hicieron vomitar lo poco que habia comido.
Cómo? decia, bellaco, alcahuete, no teneis verguenza de
venir á mi casa ? Aquí pagaréis las de antaño y las de
hogaño. Llama á sus criados, y trayendo una manta me
mantearon tan á su gusto cuanto á mi pesar ; dejaronme
por muerto, y como estaba me pusieron en un tablero.
Era ya noche cuando torné en mí, y me quise menear ;
caí en tierra, rompiéndome de la caida un brazo ; venido
el dia, poco á poco me fuí á la puerta de una iglesia,
donde con voz lastimosa pedia limosna á los que entraban.

CAPÍTULO XV.

Cómo Lázaro se hizo ermitaño.

Tendido en la puerta de la iglesia y haciendo alarde de mi vida pasada, consideraba los infortunios en que me habia visto desde el dia que comencé á servir al ciego hasta el punto en que me hallaba, y sacaba en limpio que por mucho madrugar no amanece más temprano, ni el mucho trabajar enriquece siempre ; y así dice el refran : más vale á quien Dios ayuda, que no quien mucho madruga ; encomendéme á él para que el fin fuera mejor que habia sído el principio y el medio. Estaba junto á mí un hermanuco venerable, barba blanca, báculo y rosario en la mano, en cuyo remate colgaba una calavera, tan grande como de conejo. Como el buen padre me vió afligido, con palabras dulces y blandas me comenzó á consolar, preguntándome de dónde era, y qué sucesos me habian traido á tal término. Contéle con breves y sucintas razones el largo proceso de mi amarga peregrinacion ; quedó admirado de oirme, y con piedad y lástima que mostró tener de mí, me convidó con su ermita : acepté el partido, y como pude, que no fué con poca pena, llegamos al oratorio que estaba una legua de allí en una peña. Pegado á él habia un aposento como una alcoba y una cama ; en el patio estaba una cisterna con fresca agua, de la cual se regaba un huertecillo, más curioso que grande.

— Aquí, dijo el buen viejo, ha veinte años que vivo fuera del tumulto é inquietud humana : este es, hermano, el paraiso terrestre ; aquí contemplo en las cosas divinas y aun humanas ; aquí ayuno cuando estoy harto, y como cuando hambriento ; aquí velo cuando no puedo

dormir, y duermo cuando el sueño me acosa ; aquí paso
en soledad cuando no tengo compañía, y estoy acompa_
ñado cuando no solo ; aquí canto cuando estoy alegre,
y lloro cuando triste ; aquí trabajo cuando no estoy ocio-
so, y lo estoy cuando no trabajo ; aquí pienso en mi mala
vida pasada, y contemplo la buena presente ; aquí finalmente es donde todo se ignora y todo se sabe.

En el alma me holgaba de oir al chocarrero ermitaño,
y así le supliqué me diese alguna noticia de la vida ere-
mítica, porque me parecia la nata de todas.

— ¿ Cómo, respondió él, la mejor? Eslo tanto, que
solo el que la ha gustado puede saberlo ; mas la hora no
nos da tiempo para más, porque se acerca la de comer.

Roguéle me curase mi brazo, que me dolia mucho ;
hízolo con tanta facilidad, que de allí adelante no me
hizo más mal ; comimos como reyes y bebimos como tu-
descos : acabada la comida, en medio del dormir de la
siesta, comenzó á gritar mi bueno del santero, diciendo :

— ¿ Que me muero ! ¡ que me muero !

Levantéme, y halléle que queria espirar. Viéndole de
aquella manera, preguntéle si se moria, respondióme :

— Sí, sí, sí ; y repitiendo sí falleció dentro de una hora.
Víme afligido considerando que si aquel hombre se moria
sin testigos podian decir que yo lo habia muerto, y cos-
tarme la vida, que hasta entónces con tantos trabajos habia sustentado ; y para esto no eran menester muchos testigos, porque mi talle mostraba ser ántes salteador de caminos que hombre honrado. Salí al punto de la ermita,
por ver si parecia por allí alguno que fuese testigo de
aquella muerte : mirando á todas partes ví un hato de
ganado cerca de allí ; fuí allá presto (aunque con trabajo
por estar molido de la refriega sastresca), hallé seis ó
siete pastores y cuatro ó cinco pastoras á la sombra de
unos sauces junto á una fuente despejada y clara : ellos
tañian, y ellas cantaban ; los unos bailaban y los otros

tocaban; este tenía de la mano á una, aquel dormia en el regazo de la otra; finalmente, pasaban el calor en requiebros y palabras regaladas. Llegué despavorido á ellos, rogándoles que sin dilacion se viniesen conmigo, porque el ermitaño se moria : vinieron algunos dellos, quedando los otros á guardar el rebaño ; entraron en la ermita, y preguntaron al buen ermitaño si se queria morir; dijo que sí (y mentia, porque él no lo queria, haciánselo hacer contra su voluntad) ; como ví que estaba siempre en sus trece de decir que sí, díjele si queria que aquellos pastores sirviesen de albaceas y cabezaleros ; respondió sí; preguntéle si me dejaba por su único y legítimo heredero, dijo que sí ; proseguí si confesaba que lo que poseia y de depecho podio poseer me lo debia por servicios y cosas que de mí habia recibido ; dijo otra vez sí. Aquel quisiera hubiera sido el último cuento de su vida ; mas como ví que aun le quedaba aliento, porque no lo emplease en daño, proseguí con mis preguntas, haciendo que uno de aquellos pastores sentase todo lo que decia : hízolo el pastor con un carbon en una pared, porque no habia tintero ni pluma ; díjele si queria que aquel pastor firmase por él, pues que no estaba para ello, y murió diciendo ;

— Sí, sí, sí.

Dimos órden de enterrarlo, hicimos una sepultura en su huerto (todo con gran prisa, porque temia que resucitase) ; convidé á merendar á los pastores, no quisieron admitirlo por ser hora de repastar : fuéronse dándome el pésame ; cerré bien la puerta de la ermita y dí vuelta á todo : hallé una gran tenaja de buen vino, otra de aceite, y dos orzas de miel : tenia dos tocinos, mucha cecina y algunas frutas secas : todo esto mé agradaba mucho, mas no era lo que buscaba ; hallé sus arcas llenas de lienzo, y en un rincon de una un vestido de mujer : esto me maravilló, y más de que hombre tan prevenido

no tuviese dineros : quise ir á la sepultura á pre-
guntarle dónde los habia puesto ; parecióme que despues de habérselo preguntado me responderia :

— Ignorante, ¿ piensas que estando en despoblado,
sujeto á ladrones y malandrines, los habia de tener en
un cofre á peligro de perder lo que amaba más que á mi
vida ?

Esta inspiracion, como si realmente la hubiera oido
de su boca, me hizo buscar en todos los rincones, y no
hallando nada, consideré si yo hubiese de esconder aquí
dineros, para que ninguno los hallase, dónde los escon-
deria ; dije entre mí : en aquel altar : fuí á él y levanté
el delante altar de la peana, que era de barro y adobes ;
en un lado ví una rendija por donde podia caber un
real de á ocho, la sangre me comenzó á bullir, y el corazon á palpitar ; tomé una azada, y en menos de dos
azadonazos eché la mitad del altar á tierra, y descubrí
las reliquias que allí estaban sepultadas : hallé una olla
llena de dineros ; contélos, y habia seiscientos reales.
Fué tan grande el contento del hallazgo, que pensé quedarme muerto : saquélo de allí, é hice un hoyo fuera
de la ermita, donde los enterré, porque si me querian
echar de allí tuviese fuera lo que más amaba ; hecho
esto, vestíme los hábitos del ermitaño, y fuí á la villa á
dar noticia de lo que pasaba al prior de la cofradía, no
olvidando de tornar á acomodar el altar como ántes
estaba. Hallé juntos á los cofrades de quienes dependia
aquella ermita, que era de la advocacion de San Lázaro,
de donde conjeturé buen pronóstico para mí: como los cofrades me vieron ya cano y de ejemplar aspecto, que esto
es lo que mas importa para tales cargos, aunque hallaron
una dificultad y fué que no tenía barba, porque como habia tan poco que me la habia tundido no me habia aun
nacido : mas esto no obstante, viendo por relacion de los
pastores que el muerto me habia dejado por su herede-

ro, me dieron la tenencia de la capilla. Acuérdome, á
este propósito de barbas, de una cosa que me dijo una
vez un fraile : que en una religion, de las más reforma-
das, no hacian superior á ninguno que no fuese bien
barbado ; y así sucedia que habiendo algunos capaces
para ejercitar aquel cargo, lo excluian y ponian en él á
otro con tal que tuviese lana (como si el buen gobierno
dependiera de los pelos, y no del entendimiento, capacidad y madurez) ; amonestáronme viviese con el ejemplo
y buena reputacion que mi predecesor habia vivido,
siendo tal que todos le tenian por santo. Prometíles vivir
como un Hércules; advirtiéronme que no pidiese limosna sino los martes y sábados ; porque si la pedia otro
dia los frailes me castigarian ; prometiles hacer en todo
lo que me ordenasen, particularmente porque no tenía
gana de enemistarme con ellos, pues habia gustado á lo
que sabian sus manos.

Comencé á pedir con un tono bajo, humilde y devoto,
como lo habia aprendido en la escuela del ciego; hacia
esto, no por necesidad, sino porque es uso y costumbre
de mendigantes, que cuanto más tienen piden más y con
más gusto. Las gentes que oian decir, den limosna para
la lámpara del señor San Lázaro, y no conocian la voz,
salian á las puertas, y viéndome se espantaban; pregun-
tábanme por el padre Anselmo, que así se llamaba el
buen Arias; díjeles se habia muerto; los unos decian :
¡buen siglo le dé Dios, que tan bueno era! su alma está
gozando de la bienaventuranza; otros : ¡bendito sea él,
que tal vida hacia! en seis años no ha comido cosa caliente; aquellos, que se pasaba con pan y agua. Algunas
piadosas mentecatas se hincaban de rodillas, invocando
al padre Anselmo. Preguntóme una que habia hecho de
su hábito; díjele que era el que yo llevaba : sacó unas
tijeras, y sin decir lo que queria, comenzó á cortar un
pedazo de lo que primero encontró, que fué de hácia la

8

horcajadura. Como ví que acudia á aquellas partes, comencé á gritar. Viéndome tan alborotado, dijo:

— No se espante, hermano, que no quiero dejar de tener reliquias de aquel bienaventurado yo le pagaré el daño del hábito.

— ¡Ay! decian algunos, sin duda que ántes de seis meses lo canonizarán, porque ha hecho muchos milagros.

Acudió tanta gente á ver su sepulcro, que la casa estaba siempre llena; y así fué necesario sacarlo á un cobertizo que estaba delante de la ermita; de allí adelante no pedia para la lámpara de San Lázaro, pero sí para la del bienaventurado Anselmo. Jamás he podido entender este modo de pedir limosna para alumbrar á los santos, ni quiero tocar esta tecla, que sonará mal. No se me daba nada de no ir á la ciudad, porque en la ermita tenia todo lo que queria; mas porque no dijesen que estaba rico, y que por eso no pedia limosna, fuí el dia siguiente, donde me sucedió lo que verá el que leyere.

———————

CAPITULO XVI.

Cómo Lázaro se quiso casar otra vez.

Más vale fortuna, que caballo ni mula: al hombre desdichado la puerca le pare perros; muchas veces vemos muchos hombres levantarse del polvo de la tierra, y sin saber cómo se hallan ricos, honrados, temidos y estimados; si preguntais: ¿este hombre es sabio? deciros han que como una mula; ¿si es discreto? como un jumento; ¿si tiene algunas buenas perfecciones? como la hija de juan Pito. ¿Pues de dónde le ha venido tanto bien? res-

ponderos han : de la fortuna. Otros, por el contrario,
que son discretos, sabios, prudentes, llenos de mil perfecciones, capaces para gobernar un reino, se ven aba-
tidos desechados, pobres y hechos estropajos del mundo;
y si preguntais la causa, deciros han : la desdicha los
persigue. Esta pienso me seguia y perseguia, dando al
mundo un ejemplo y dechado de lo que puede, porque
desde que él se fundó no ha habido un hombre tan com-
batido desta desdichada fortuna. Iba por una calle pidiendo como solia para el señor San Lázaro, porque en
la ciudad no osaba pedir para el beato Anselmo : esto
solo era para los bozos y motolitas, que venian á tocar
sus rosarios al sepulcro, donde, segun su dicho, se hacian muchos milagros. Llegué á una puerta, y haciendo
lo que en otras, oi que de una escalera me decian :

— ¿Por qué no sube, padre? Suba, suba; ¿qué nove-
dad es esta?

Subí, y en medio de la escalera, que estaba un poco
oscura, me asaltaron varias mujeres y niños. Unas se
me colgaban del cuello, otras me trababan de las manos, metiéndome las suyas en las faltriqueras : todas me
preguntaban la causa de no haberme visto en ocho dias.
Cuando hubimos acabado de subir la escalera, y que con
la claridad de las ventanas me vieron, se quedaron mirando las unas á las otras hechas matachines; dieron en
reir, que parecia lo habian tomado á destajo; ninguna
podia hablar, el primero que lo hizo fué un niño, diciendo :

— ¡Este no es papá!

Despues que aquellas grandes crecidas de risa se mi-
tigaron un poco, las mujeres, que eran cuatro, me preguntaron para quién pedia limosna :

— Díjeles que para San Lázaro :

— ¿Cómo, dijeron ellas, pedís vos? ¿El padre Anselmo
está bueno?

— Bueno, les respondí yo; no le duele nada, porque hace ocho dias que murió.

Cuando esto oyeron dispararon á llorar, que si la risa era grande antes, los llantos eran mayores despues. Estas gritaban, aquellas se mesaban los cabellos, y todas juntas hacian una música tan disonante, que parecian monjas encantaradas. Esta decia :

— ¿Qué haré, desgraciada de mí, sin marido, sin amparo y sin consuelo? ¿Adónde iré? ¿quién me amparará? ¡Oh amarga nueva! ¿Qué desdicha es esta?

Aquella lamentando entonaba :

— ¡Oh yerno mio y mi señor! ¿Cómo nos has dejado, sin despedirte de nosotras? ¡Oh nietecitos mios huérfanos y desolados! ¿dónde está vuestro padre?

Los niños llevaban el tiple de aquella mal acordada música : todos lloraban, todos gritaban, todo era lamentaciones y lástimas.

Cuando las aguas de aquel gran diluvio cesaron un poco, se informaron de mí, cómo y de qué habia muerto; contéselo, y el testamento que habia hecho, dejándome por su legítimo heredero. ¡Aqui fué ello! Las lágrimas se tornaron en rabias, los lloros en blasfemias y las lástimas en amenazas.

— Vois sois algun ladron, que lo habéis muerto por robarlo; mas no os alabaréis dello decia la más moza, que ese ermitaño era mi marido, y estos tres niños sus hijos; y si vos no nos dais toda su hacienda, os harémos ahorcar; y si la justicia no lo hace, puñales y espadas hay con que sacaros mil vidas, si mil vidas tuviereis.

Díjeles cómo habia buenos testigos delante, de quiénes habia hecho testamento.

— Todas esas, dijeron ellas, son marañas y embustes, porque el dia que vos decís que murió estuvo aqui, y dijo no tenia compañia.

Como vi que el testamento no se habia hecho por ante escribano, y que aquellas mujeres me amenazaban, y por la experiencia que tenia de la justicia y pleitos, determiné hablarles con blandura, por si con ella podia acabar lo que por justicia sabia habia de perder, y tambien porque las lágrimas de la recien viuda me habian atravesado las telas del corazon; y asi les dije se sosegasen, que no perderian nada conmigo; que si habia aceptado la herencia habia sido por creer que el muerto no era casado, no habiendo oido decir jamás que los hermitaños lo fuesen. Ellas, pospuesta toda tristeza y melancolia, se comenzaron á reir diciendo, que bien se echaba bien de ver ser nuevo y poco expérimentado en aquel oficio, pues no sabia que cuando decian un ermitaño solitario, no se entendia haberlo de estar de la compañia de mujeres, no habiendo ninguno que no tuviese una por lo ménos, con quien pudiese pasar los ratos que le quedaban desocupados de su contemplacion, en ejercicios activos, imitando unas veces á Marta y otras á Maria, particularmente siendo gente que tenian más conocimiento de la voluntad de Dios, que quiere que el hombre no esté solo; y asi ellos, como hijos obedientes, tenian una ó dos mujeres que sustentaban, aunque fuese de limosna; y con especialidad aquel desdichado sustentaba cuatro : á esta pobre viuda, á mi, que soy su madre, á estas dos, que son hermanas, y á estos tres niños, que son sus hijos, ó á lo ménos que él tenia por tales.

Entónces la que decian era su mujer dijo que no queria la llamasen viuda de aquel viejo podrido, que no se habia acordado della el dia de su muerte, y que aquellos niños ella juraria no ser suyos, y que desde entónces anulaba los capítulos matrimoniales.

— ¿Qué contienen esos capítulos? le repliqué yo.

La madre dijo :

Los capítulos matrimoniales, que yo hice cuando mi hija se casó con aquel ingrato, fueron los siguientes :

que para decirlos es menester tomar el agua de atrás.
Estando en una villa llamada Dueñas, seis leguas de
aqui. habiéndome quedado estas tres hijas de tres dife-
rentes padres, que, segun la más cierta conjetura, fuéron un monje, un abad y un cura, porque siempre he
sido aficionada á la Iglesia, me vine á vivir á esta ciudad,
por huir y evitar las murmuraciones, que en lugares pequeños nunca faltan. Todos me llamaban la viuda ecle-
siástica, porque por mis pecados todos eran muertos: y
aunque hubo luego otros que entraron en su lugar, eran
gente de poco provecho, de ménos autoridad, y no queriéndose contentar con la oveja, acometian á las tiernas
corderillas. Viendo pues el peligro evidente, y que la
ganancia no nos podia pelechar, hice alto, y asenté aqui
mi real, donde á la fama de las tres mozuelas acudieron como mosquitos al tarugo; y de todos, á ningunos
me incliné tanto como á los eclesiásticos, por ser gente
secreta, rica, casera y paciente. Entre otros llegó á pedir limosna el padre San Lázaro, que viendo á esta niña
le hinchó el ojo, y con su santidad y sencillez me la pidió por mujer; dísela con las condiciones y capítulos siguientes: Primera ; que se obligaba á sustentar nuestra
casa, y que lo que pudiésemos ganar, seria para vestir-
nos y ahorrar. Segunda : que si mi hija en algun tiempo tomase algun coadjutor, por ser él algo decrépito,
que callaria como en misa. Tercera : que todos los hijos
que ella pariese, los habia de tener por propios, á quienes desde luego prometia lo que tenia y podia tener, y
si mi hija no tuviese hijos, la hacia su legítima heredera.
Cuarta : que no habia de entrar en nuestra casa cuando
viese á la ventana jarro, olla ú otra vasija, que era señal que no habia lugar para él. Quinta ; que cuando él
estuviese en casa y viniese otro, se habia de esconder
donde le dijésemos, hasta que el tal se fuese, Sexta y
última : que nos habia de traer dos veces á la semana

algun amigo ó conocido que hiciese la costa, dándonos
un buen gaudeamus. Estos son los artículos, prosiguió
ella, con que aquel desdichado dió palabra á mi hija, y
ella á él. El casamiento quedó hecho y acabado, sin tener necesidad de ir al cura, porque él nos dijo no era
menester, pues lo esencial dél consistia en la conformi-
dad de voluntades é intencion mútua.

Quedé espantado de lo que aquella segunda Celestina
me decia, y de los artículos con que habia casado á su
hija. Estuve perplejo sin saber qué décir, mas ellas
abrieron camino á mi deseo : porque la viudeja se me
colgó del cuello diciendo :

— Si aquel desdichado tuviera la cara deste ángel, yo
le hubiera amado ; y con esto me besó. Tras este beso me
entró un no sé qué, que me comencé á abrasar. Díjele
que si queria salir del estado de viuda y recibirme por
suyo, guardaria no solo los artículos del viejo, más todos
los que quisiere añadir. Contentáronse dello diciendo
que solo querian les entregase todo lo que en la ermita
habia, que ellas lo guardarian ; prometíselo, con intencion de encubrir el dinero para una necesidad. La conclusion del casamiento quedó para la mañana siguiente,
y aquella tarde enviaron un carro, en que se llevaron
hasta las estacas : no perdonaron al lienzo del altar, ni á
los vestidos del santo. Yo estaba tan picado, que si me
hubieran pedido el ave fénix, ó las aguas de la laguna
Estigia, se las hubiera dado. No me dejaron sino una
pobre marraga, donde me echase como un perro. Como
la señora mi mujer futura, que vino con la carreta, vió
que no habia dineros, se enojó, porque el viejo le habia
dicho que los tenia, mas nó dónde. Preguntóme si sabía
dónde estaba el tesoro ; díjele que nó. Ella como astuta
me trabó de la mano para que los buscásemos ; llevóme
por todos los rincones y escondrijos de la ermita, sin
dejar la peana del altar ; y como vió que estaba recien

acomodada, concibió mala sospecha. Abrazóme y besóme, diciendo :

—Mi vida, díme dónde están los dineros, para que con ellos hagamos una boda alegre.

Yo lo negué siempre, diciendo que no sabía de dineros ; sacóme de la mano, é hizo diésemos una vuelta á la ermita mirándome siempre á la cara, y cuando llegamos donde yo los habia escondido, se me fuéron los ojos hácia allá. Llamó á su madre diciendo cavase debajo de una piedra que yo habia puesto ; topó con ellos y yo con mi muerte ; disimuló diciendo :

— Veis aquí con que nos darémos buena vida.

Hízome mil caricias, y al punto, porque se hacia tarde, se fuéron á la ciudad, quedando convenidos que á la mañana yo iria á su casa, donde haríamos la más alegre boda que jamás se vió. ¡ Plegue á Dios que orégano sea ! decia yo entre mí.

Estuve toda aquella noche puesto entre la esperanza y el temor de que aquellas mujeres no me engañasen, aunque me parecia era imposible hubiese engaño en una tan buena cara. Esperaba gozar de aquella polluela, y así la noche me pareció un año. No era aun bien amanecido, cuando cerrando mi ermita me fuí á casarme, como quien no decia nada ; no me acordaba que lo era ; llegué á hora que se levantaban ; recibiéronme con tan grande alegria, que me tuve por dichoso, y pospuesto todo temor, comencé á hacer y deshacer en casa, como en propia ; comimos tan bien y con tanto gusto, que me parecia estaba en un paraíso. Habian convidado á comer á seis ó siete de sus amigas ; despues de comer danzamos, y á mí, aunque no lo sabía hacer, me forzaron á ello. ¡ Era verme bailar, con mis hábitos de ermitaño, cosa de risa ! Venida la tarde, despues de bien cenar y mejor beber, me entraron en un aposento no mal aderezado, donde habia una buena cama. Mandáronme acostar en ella ;

entre tanto que mi esposa se desnudaba, descalzóme una criada, y dijo me quitase la camisa, porque para las ceremonias que se habian de hacer era menester estar en cueros.. Obedecí luego, entraron por el aposento todas las mujeres y mi esposa detrás vestida de ceremonia, trayéndole una la cola. Así que llegaron me asieron cuatro de los piés y de los brazos con grande diligencia me echaron cuatro lazos corredizos, y atando las cuerdas á los cuatro pilares de la cama, quedé aspado como un san Andres. Comenzaron todas á reir al verme en aquella forma, y trayendo una un caldero de agua del pozo, y otra una olla de agua hirviendo, empezaron á echarme por todo el cuerpo jarros, ya de fria, ya de caliente. Yo ponia con esto los gritos en el cielo; ellas me mandaron callar, amenazándome que de otro modo sería más serio el chasco, y que pensase para qué habia nacido. Luego tomaron una gran bacía con agua muy caliente y me metieron en ella la cabeza; abrasábame, y lo peor era que si queria gritar me daban tantos repizcos y azotes con los chapines, que tomé por mejor partido sufrir y dejarlas hacer cuanto quisieran : peláronme las barbas, cejas, cabellos y pestañas. Paciencia, decian ellas, que las ceremonias se acabarán presto, y gozará de lo que tanto desea. Roguélas que me dejasen, pues el amor se me habia pasado ; pero sin hacer caso de mis lamentos, con el tizne de las sartenes me pusieron la cara y todo el cuerpo de modo que parecia el mismo demonio. Entonces una, la más vivaracha y desahogada, dijo á las demás :

—No sería malo llamar á Pierres el capador para que lo hiciese músico,

Riyeron todas la ocurrencia, y en particular mi mujer·

Se preparaban á ponerlo por obra, diciéndome:

—¿Creia el dómine ermitaño que no hay más que

casarse, y que todo lo que le decíamos era el Evangelio?
Pues no era ni aun la Epístola. ¿De mujeres se fiaba?
Ahora verá el pago que lleva.

Yo, como me ví en un peligro tan inesperado, hice
tales esfuerzos que rompí una cuerda con un pilar de la
cama, y ellas temiendo acabase de romperla me desata-
ron, y cogiendo las puntas de la manta sobre que estaba
tendido, empezaron á mantearme con mucha alegría,
diciéndome :

—Estas son las ceremonias con que comienza el casamiento; mañana, si quiere volver, acabarémos lo demás.

Yo estaba tan rendido y quebrantado, que ni aun
aliento tenia para hablar. Entónces, envuelto en la
misma manta, me llevaron entre cuatro, léjos de la casa,
dejándome en medio de la calle, en donde me amaneció;
y los muchachos me comenzaron á correr y hacerme
tanto mal, que por huir de su furia me entré en una
iglesia, y puse junto al altar mayor, donde cantaban
una misa. Como los clérigos vieron aquella figura, que
sin duda parecia al diablo que pintan á los piés de san
Miguel, dieron á huir, y yo tras ellos por libertarme de
los muchachos. La gente de la iglesia gritaba; unos
decian : guarda el diablo; otros : guarda el loco; yo
tambien gritaba, que ni era diablo, ni loco, sino un
pobre hombre á quien sus pecados habian puesto así.
Con esto se sosegaron todos : los clérigos tornaron á acabar su misa, y el sacristan me dió un bancal de una
sepultura con qué cubrirme. Púseme en un rincon considerando los reveses de la fortuna, y que por donde
quiera hay tres leguas de mal camino : y así determiné
quedarme en aquella iglesia para acabar allí mi vida,
que segun los males pasados no podia ser muy larga, y
para excusar el trabajo á los clérigos de que me fuesen á
buscar á otra parte despues de mi muerte.

Esta es, amigo lector, en suma la segunda parte de la vida de Lazarillo, sin añadir ni quitar, de lo que della o contar á mi bisabuela. Si te diere gusto me huelgo, y adios.

FIN DE LA VIDA DE LAZARILLO DE TORMES.

www.ingramcontent.com/pod-product-compliance
Lightning Source LLC
Chambersburg PA
CBHW010809250626
47156CB00010B/3050